ダンジョンシーカー
The Dungeon Seeker

サカモト666
SAKAMOTO666

CONTENTS

主な登場人物
Main Characters

木戸翔太《きどしょうた》

順平と共に異世界へ
召喚された典型的な不良青年。
実力はそこそこ。

竜宮紀子《たつみやのりこ》

順平の幼馴染であり
唯一の味方。共に異世界へと
召喚された。

武田順平《たけだじゅんぺい》

「神」のきまぐれで異世界に
飛ばされた青年。クズステータスで
役に立たないため、生贄として
『狭間の迷宮』に突き落とされる。

ケルベロス
言わずと知れた、
三つ首を持つ伝説の神獣。
『狭間の迷宮』第三階層の主。
謎の冒険者
各階層に置き手紙を残す
謎の冒険者。
特技は【過去視】。
神
順平達がいた世界の創造主。
見た目は十二、三歳の
金髪少年。
不死者の王《ノーライフキング》
『狭間の迷宮』の門番。
体は脆く、HPは限りなく低いが
物理・魔法攻撃無効。

プロローグ

薄暗い――胎内《たいない》を歩いていた。

一面の赤色、そしてヒダと血管、あるいはそれは腸の中と言っても差し支えないかもしれない。

ベチャリ、羊水のような黄色い水溜りに革の靴が踏み入った。

自分が小指の先程度の大きさになって、人体の内部を歩いている――そんな感覚。

ここは異世界のダンジョン――現在、武田順平《たけだじゅんぺい》が探索を行っている場所だ。

「全く……この階層はえらく生臭いな……」

チューブ状の回廊の先から、腐臭混じりの生暖かい空気が流れてきて頬をくすぐった。

どうやら、この階層のボスが所在する広間まではそれほど時間もかからないらしい。

感じるのは濃密な気配。

そして次の瞬間、地響きのような振動音が回廊内に響いてきた。

この先にアレがいるという予感が確信に変わったと同時に、順平のこめかみの辺りを汗が一筋流れた。

腰に吊られたホルスターの感触を確かめる。確かな鉄の重量感、『S&W M57』四十一口径マグナムだ。

刹那《せつな》、回廊の外壁――肉の塊が蠢《うごめ》いた。

外壁を覆う肉が切り裂かれ、噴水のように赤い液体が噴出する。現れたのは、血塗《ちまみ》れの大蜘蛛、体高二メートルを超える蟲《むし》――

即座に順平はマグナムの抜き打ちを行った、と同時に、蜘蛛の頭部が黄緑色の液体と共に弾け、地面に蹲《うずくま》り動かなくなる。

そこからおおよそ二分程度歩みを進めたところで、淡い光が視界に飛び込んできた。

半径三十メートル程の赤黒い室内には、無数の屍《しかばね》。一面の腐臭と鉄の臭い、そして、硝煙《しょうえん》のツンとした香り。

部屋の中央部分に佇《たたず》んでいるのは巨大な蟷螂《かまきり》だった。体長は六メートルはあるだろう。

「スキル【鑑定眼】を行使」

順平の脳の中に項目が浮かび上がった。

【クレイジー・マンティス】
危険指定▼▼▼　SSS
特徴▼▼▼　かつて一度だけ、狭間の迷宮から一個体が外界に出た事がある。その際は、Sランク級冒険者十名が犠牲となった。小国を半壊までに追い込み、最終的には大国の宮廷魔術師百五十名による自爆魔法で殲滅《せんめつ》に成功した。

傍らに転がる幾つかの人体、全てが裸に剥《む》かれた女であり、その腹は異様に大きく膨らんでいる。

ピクリと順平は眉を顰《ひそ》め、溜息をついた。

考えられる事態はただ一つ……恐らく、種付けをされた後なのだろう。

異形を生産するための機械と成り果てた彼女達。瞳はおぼろげで、口からはだらしなく唾液を垂れ流していた。

ピクピクっと彼女達の内の一人が痙攣《けいれん》を起こし、奇声を上げる。すると腹部が切り裂かれ、溢れ出すかのように、あるいはこぼれ出るかのように、ドバドバと大量の小型の蟲が流れてきた。

その光景に一瞬吐き気を催した順平だったが、視界に鎌を振りかぶる蟷螂の姿が飛び込んできた。

彼我《ひが》の距離は目測十五メートル。

その距離のまま、蟷螂は無造作に鎌を振り下ろす。

嫌な予感を感じた順平は、咄嗟《とっさ》に身を屈《かが》めた。

ヒュッと風切り音。

頭上を通り過ぎていく衝撃波の音、パサリ、と前髪を幾房《いくふさ》か持っていかれた。

「空気に干渉……遠距離攻撃……カマイタチ？」

冷や汗を背中にかいたその時、蟷螂が動いた。

瞬間移動と表現しても差し支えない速度、助走なしの、無予告の、紛れもなき神速。

身を翻《ひるがえ》した順平の右頬を、鎌が通り過ぎていく。五ミリ程、皮膚をこそぎおとされる。

とめどなく溢れる血液。

右肩まで、瞬時に血化粧を施した彼は――そのまま横っ飛びに転がると同時に拳銃の引き金を引く。

乾いた音と共に、蟷螂の肩の部分二十センチ四方が弾け飛ぶ。が、相手の体の大きさは――例えるなら装甲車とかそういった類いだ、致命傷にはなりえない。

再度、蟷螂の加速。続けざまの大鎌。

――煌《きらめ》く火花とともに、金属同士が衝突したような甲高い音。

いつの間にか、順平は四十一口径マグナムを投げ捨て、そして、どこから取り出したのか日本刀に持ち替えていた。

それは長大な日本刀だった。おおよそ、彼の身長と同じ程度の長さの刃渡り。

数秒の鍔迫《つばぜ》り合いの後、大鎌を押し切り、そして、袈裟《けさ》斬りに一閃。

成人男性の身長程はある、その節だらけの胴回りを両断すると、体液と共に臓物が溢れた。

対象が無力化した事を確認し、一呼吸置いた彼は、部屋で息をしている人間——孕《はら》まされた女性達全てに、一言二言声をかける。

彼女達は微《かす》かに笑い、諦めたかのように首を左右に振った。

ゆっくりと——彼女達から離れた順平は、投げ捨てたマグナムを拾い無表情で引き金を引いた。

パン、パン、パン、パン、パン。

都合、五つの銃声が響き渡る。そしてすぐに、肉の部屋から全ての息遣いが消えた。

そして、順平は巨大な蟷螂に近寄り、こう呟いた。

「対象の絶命を確認。狩猟スキル【解体《ブッチャー》】を行使する」

すぐさま蟷螂の体表が光の粒子に包まれ、成形された複数の素材へと変換されていく。

それは光り輝くカードとなって、順平の眼前にひらひらと舞い降りてきた。

【捕食者の鎌】
アイテムランク▼▼▼　レア（S）
特徴▼▼▼　クレイジー・マンティスの鎌。オリハルコン（アイテムランク：神話級）にやや劣る硬度の硬質有機物で構成されている。加工難易度は高いが、武器の素材としては最上級。

【ソニック・リッパー】
スキルランク▼▼▼　伝説級
特徴▼▼▼　近接刃物系武具による遠距離攻撃スキル。空気を切り裂く事で衝撃波を発生させ、遠距離攻撃を可能とする。有効射程距離は二十メートル前後。与ダメージは、通常攻撃の〇・六五倍。

そこで、順平は思案した。

「……【ソニック・リッパー】か。確かに、この能力は欲しい。弾丸を魔力で補強しているとはいえ……いい加減、四十一口径マグナムでは火力が……だが、この能力を……本当に……喰っても良いのか？」

そして、すぐさま彼は、『捕食者の鎌』のカードを手に取り、うんざりしたように呟いた。

「……と、えり好みしている訳にもいかないようだな」

めきゅめきょ、と嫌な音が響き渡る。

周囲を見渡すと、先ほどと同じタイプの蟷螂が――目測五体。

肉の壁を突き破り部屋に現れたところだった。

順平の予想では、現状の戦力では……こいつらと闘えても、二体までが限界だ。

遠距離戦闘での火力不足が――あまりにも痛い。そこさえクリア出来れば、戦法の幅は広がり、どうとでもなるだろう。

逆にいうと、このまま五体に近接で囲まれれば――それはジ・エンドを意味する。

うんざりした口調で彼は呟いた。

「オーケー。クレイジー・マンティス……お前を……喰ってやるよ」

スキルカードを手に持つと、彼は念を込める。

と同時に、カードは光に変換され、その粒子が彼の左手中指に向かって収束を始める。

刹那、部屋に現れた蟷螂に向け日本刀を振り下ろした。

パンっと乾いた音。

発生した衝撃波は、遠距離にいた蟷螂の胴体を切断する。

残る四体の蟷螂は一瞬だけ立ち止まり、そしてこちらに向けて突進を開始した。

続けざま、日本刀を都合二回振り下ろす。

ぱちゅん、と冗談のような音と共に、臓物を撒き散らしながら二体は絶命した。

眼前に迫った一体の鎌を躱《かわ》し、横薙ぎに一閃。

そして残りの一体に向けて——彼は跳躍し、大上段から唐竹割《からたけわ》りを敢行した。

ドサリ、と最後の異形が沈黙したところで、彼は周囲を見渡す。

完全に、部屋から息遣いが消えた事を確認し、奥の階段へと足を進めた。

そこで、彼は思い立ったように瞳を閉じて、自らのステータス画面を確認する。そして、呆れ気味に笑った。

「レベル2500超えだぞ……まだ上がるのかよ？　世界最強の剣聖で、確か280とかじゃなかったっけか？　……ここの魔物の経験値……一体……どうなってんだよ……。ハハ……」

階段を上り終えると、ドアノブに手をかける。

ギイ……と、重苦しい音と共に——彼は独り言《ご》ちた。

「……このふざけた迷宮は……いつ終わるんだ？　スキルスロットは……残りいくつもねーぞ……これから先の道のりは……見当もつかない。この調子で……これから先も……生き残る事が……出来るのか？」

そして、自らの掌を見やる。

先ほど、光が吸い込まれた中指が紫に変色していた。

そして……彼の両手の指の内、六本までが紫に変色している。

だが……と彼は眉を顰めた。

「俺は生きる……生き残って見せる……。既に俺は、ここから外に出れば最強になっているはずだ。

絶対に……ここから生還する。……俺を嵌《は》めた……生還率0パーのこんなところに叩き込んだ……あいつらを……肉塊に変えるまで――」

そして、続ける。

「――俺は死ぬ訳にはいかねえっ！」

異世界でも有りえないレベルのクリーチャーが渦巻く、バグとしか思えないダンジョンに放り込まれ、生きて、そして脱出を果たすために――

絶望の淵から、無能だった青年の復讐譚《たん》が始まる。

第一章　狭間の迷宮

時は遡《さかのぼ》り、現代の地球。

高校の昼休みに、武田順平はいつもどおり、トイレの個室で弁当をがっついていた。

時折、隣室から漂う糞便の臭気に顔を顰《しか》めるが、それでも、クラスで一人きりで食事をとるよりも余程精神衛生上よろしい。

――十七歳、高校二年生。身長百六十二センチ、体重八十二キロ。

小学生くらいまでは、それなりに明るい性格だったはずだ……と自分でも思う。

けれど。

この体型がコンプレックスとなり、いつの間にやら根暗な性格となってしまった。

オマケに、自分が通っている高校はお世辞にも頭がよろしいとは言えない高校だった訳で、クラスメイトの玩具となるのは必然だったと言える。

良し……と一言呟いた彼は、鞄に完食した弁当を詰め込み、男子便所を後にした。

目立たぬよう人気《ひとけ》のない廊下を歩く彼の背後から、甲高い声が響いた。

「あのさ……アンタさ……？　いつもお昼、鞄持ってどっか行ってるけど……まさか毎度毎度トイレで一人でご飯食べてたの？」

呆れ顔でそう声をかけたのは、気の強そうな眼差しを持つ女子生徒だった。

セミロングの茶髪に、腕には学則違反のアクセサリー。ネックレスもしているのだが、小物類は全てアジアンテイストにまとめられている。

今は長袖のセーラー服を身に着けているが、普段着は古着系の服装を好む、まあ、普通にお洒落さんだと言って差し支えないレベルだ。

「……」

「ねえ、順平？　何で昼休みが始まって……すぐにどっか行ったの？　今日は一緒に食べようって……言ったよね？　いつまで経ってもアンタはクラスのみんなに受け入れられなくて……で……私がみんなに声かけて、どんだけ骨折ったと思ってんの？　それを一人で便所飯とかふざけてんじゃないわよっ！」

「……るせぇ……」

「……？」

「紀子《のりこ》っ！　うるせーって言ってんだよっ！　もう、俺らは十七歳だぞ？　家が隣で幼馴染だからって……いつまで俺の保護者気取りなんだよっ！　このタコっ！」

大口を開きながら、竜宮《たつみや》紀子はポカンとした表情を作る。

しかし、すぐさまそのコメカミに青筋が浮かんでいく。

「私の友達は派手な子ばっかりで無理だろうからって……だから……こっちは、わざわざ地味目の男女ばっかりを用意したんだよ⁉　ちゃんと喋れる機会があれば……仲良くなれるだろうからって……それを……アンタ、一体何様？」

「だからそれが……うざいっつってんだよ、このスカタンっ！　余計なお世話だって言ってんだろっ！　何で俺に構うんだよっ！　もう放っておいてくれよっ！」

それだけ言うと、順平は走り去る。

その後ろ姿を見ながら、紀子は深く溜息をついた。

「何で構うって……そんなの決まってんじゃん……放っておける訳ないじゃん……何で分かってくれないのかな……あのバカ……」


放課後を告げるベルの音と共に、順平はそそくさと机の中から教科書類を鞄に詰め込んだ。

焦る仕草の彼の背後から、突然の衝撃が襲った。

――背中への前足蹴り。

机を巻き込み、そのまま彼はゴロゴロと転がるように前のめりに倒れた。

散乱する教科書、机の角にぶつけたためか、肩に激痛が走る。

何とか上半身を起こした順平の眼前では、金の長髪にピアスの男が下卑《げび》た笑みを浮かべていた。

——木戸翔太《きどしょうた》。

恐らくはろくでもない理由で失ったのだろう、前歯が二本欠けている。

黒の学生服ズボンに——紫のタンクトップ。見せつけるように、いや、事実見せつけるためにその格好をしているのだろうが——発達した肩口から手首までの筋肉が、見る者に異常なほどに威圧感を与える。

「こらこらーブタちゃん？　何急いでんだよ？」

順平の顔が蒼白に染まる。それと共に、木戸の笑いは強まっていく。

「えと……その……」

しどろもどろになりながら順平はその場で固まってしまった。

「まあいいや、ってことで……持って来い」

木戸は取り巻きのチンピラに指示を飛ばすと、どこから取り出したのかナイロン製の手袋を装着する。

やがて濡れた雑巾《ぞうきん》が運ばれてきた。

木戸と順平の距離差は三メートル程度。

漂ってくる腐臭に、順平は戦慄を覚えた。

「喜べ、武田……これは……だ。醜い醜い……お前のための美顔用でな。牛乳と汚物、そして女子トイレから失敬したタンポンのカクテルに漬け込み……三日寝かせて俺が製作させた……特別性のアイテムだ」

そこで、ドッとクラスが沸いた。

これが、順平の日常だ。


――弱者は強者からの理不尽には……抗えないのだ。


強烈なアンモニア臭と腐臭の混じった雑巾が、順平の顔に近づけられていく。

拳をギュッと握りしめ、木戸を睨む。

「お、ブタちゃん、どうしたんだ？　ひょっとして、俺に文句でもあんのか？」

ああん？　とばかりに顎をしゃくりあげ、拳の関節を木戸は鳴らし始める。

「……いや、なんでもないよ」

木戸のその動作だけで順平の反抗心は一気に消え失せてしまったらしい。

満足げに頷き、木戸はクラスの全員に向けて呼びかけた。

「それじゃー、レディース＆ジェントルマンっ！　木戸翔太プレゼンツっ！　ブタちゃんの美顔マッサージだっ！」

爆笑に教室内が包まれる。

雑巾と顔は目と鼻の先の位置だ。

数十センチに迫った、汚物まみれの雑巾。

「良い事を思いついた。なあ、ブタちゃん……？　お前……口もくせえよな？　オッケー。歯磨きもしてやんよ。さ、ほれ……アーンってしてみ？」

そこで、教室内のボルテージがマックスに包まれた。

何故なら、木戸は……マジでそれをやる男だと、誰しもが分かっていたからだ。

決して木戸の蛮行を止める者はいない。

何故なら、ここで木戸に対して物申したりすれば、次のターゲットが自分となってしまうからだ。

「ほれ、ブタちゃん？　あーんってしてみ？　遠慮するなよ？」

殴られるのと、雑巾で歯磨きをされるのと。

どちらが得か、順平は考える。

ここで口を開かなければ、間違いなく……しこたま殴られる。その後、無理矢理口に雑巾を突っ込まれる。

素直に口を開けば、普通に雑巾を突っ込まれるだろうが、殴られる事はない。

どうせ、結果は一緒だ……そうであるならば……ソロバンを弾いた彼は、うなずくと共に口を開いた。

「木戸君……もう……好きにすればいいさ。認めよう。俺は君のオモチャだ……」

「おー。素直なブタちゃんは嫌いじゃないぜ？　股間にグっときちゃうねっ！」

順平が全てを受け入れたその時——甲高い声が教室に響いた。

「もう止めなさいっ！　見るに堪《た》えないっ！」

そこで、おどけるように木戸が応じた。

「おお、紀子ちゃんじゃん？　何が見るに堪えないのかなー？」

クスクスと笑う木戸を無視して、紀子は庇うように順平の前に立つ。

「行くわよ……順平」

そして、その手を取った。

「行くって……？」

「こいつらに付き合う必要はない。とっとと……帰りましょ？　アンタの家……私の隣でしょ？」

「え……でも……ここで逃げると……」

そこで、乾いた音が教室内に響いた。

紀子の平手が順平を打った音だった。

「何言ってんのっ⁉　最初から……アンタ逃げてんじゃん⁉　何で……何でここまでになるまで……闘わなかったのっ⁉」

「……え……でも……でも……」

「何回も言ったよね？　殴り返せって……っ！　でも……アンタにそれが出来ないのはもう分かってる。だったら……私が守ってあげるから……だから……行こう。一緒に帰ろう」

ガガリと、スライド式のドアを開け放つ。

廊下から階段、階段から下駄箱。そして――夕暮れの中、紀子に先導される形で、登下校の門を二人は潜る。

そこまで無言だった紀子は、まつ毛を伏せながらこう言った。

「あのさ……？」

「ん……？」

「気休めかもしんないけどさ。もうちょっと、私に頼って良いんだよ？」

「……」

「……何で……そんなに俺を……？」

「昔さ。私が苛められた時……アンタ、私に手を差し伸べてくれたじゃん？　その時、思ったんだ。順平は優しくて強いって……だから……さ。今のアンタのそんな姿は……見たくない」

「……」

無言の順平に紀子は困ったように続けた。

「あのさ……これだけは信じてね？　私は……私だけは……順平の事、嫌いじゃないから。だから……私を頼って？　努力は必ず実を結ぶ……だから、一緒に……頑張ろう？」

差し出される掌。

順平の胸に、トクンと波紋が広がった。

生まれた病院も一緒で……物心ついた時から一緒に過ごしている彼女。

若干、照れくさそうに、自分の事を嫌いじゃないと言った彼女に――今までとは少し違う感情を抱いた事に、自分でも正直驚いた。

そして。

それ以上は何も言わずに、二人は夕暮れの下校路を、手を取り合って……歩み始めた。

「なあ、紀子？」

「ん？」

「あのさ……今まで……ごめん。俺も悪かったよ。やっぱり、嫌な事は嫌って言わなきゃいけないよな」

そこで、彼女はニコリと笑い、満面の笑みと共に、握り拳を作った。

コツリ、と順平の頭に軽くゲンコツが落とされた。

「それだけ分かれば……今はそれで良しっ！　木戸って大概だけど……まあ、フォローはちゃんと入れるから……さ」

「うん」

と、その時、教室から二人を追いかけてきた木戸――そして、取り巻きが三人。

「おい、待てよ武田――誰の許可を得ずに……女と一緒に下校なんてしてんだよ――」

二人が振り向いたその時、一面が発光現象に包まれた。

ふわり、と体が浮遊する感覚。

その後に訪れる、空気と体が混じり合ったような、ふわふわとした感覚。

数瞬の後――彼らの姿はその場にはなかった。

つまるところは異世界トリップである。


気が付けば、木戸達を含めた六人は一面が白色の謎の空間に立ちすくんでいた。

『さて、現状を説明しよう』

向かい合うような形。

甲高い声で第一声を切りだしたのは、年の頃なら十二、三歳の金髪の少年だった。

中性的な顔立ちに、蒼色の瞳、そして太ももまでのピチピチのレザーのパンツに、これまた黒のレザージャケットという出で立ちだ。

タンクトップの襟からは銀色のアクセサリーも見えて、それはビジュアル系バンドのそれのような……と表現するのが適切だろうか。

木戸はポカンとした表情を浮かべ、口を開いた。

「お前は……？」

光に包まれたかと思えば突然の謎の空間、というのが現状。

とりあえず、木戸は現状に噛みつく事を選択したようで、表情をすごませると少年を睨み付けた。

「何なんだよ、お前はっ⁉」

ニコリと少年は笑った。

『ああ、挨拶《あいさつ》が先だったかな？　僕は君達の世界の創造主……まあ、君達の概念で言うなら、神と考えてもらっても差し支えないよ』

「……神？　はぁ？　何言ってんだよ？」

『うん、分かるよ。分かる。その反応は分かるよ……でもね？　そういうのは面倒臭いんだ』

ごく涼しげな動作で、少年はパチリと指を鳴らした。

「ぁ……？　なんだ……こりゃ……？」

木戸の頭部が膨張を始めた。

すぐさま元の体積の一・五倍――空気を入れた風船のように、見る間に木戸の頭が拡張されていく。

皮膚がパンパンに膨れ、血管が浮き上がり、鼻から血が噴き出る。

メリメリ。

嫌な音と共に、伸び切った皮が裂け、その表面が剥《む》けていく。

頭部の内容物も膨れ上がっているようだ。

内圧に負け、木戸の目玉が押し出されていく。

それがピンポン玉のように半分飛び出したところで――ボンっと破裂した。

眼球の所在していた黒い眼窩《がんか》から、漿液《しょうえき》混じりのネバネバとした赤い粘液が垂れ流される。

さらに木戸の鼻血に、固形物――脳の一部と見られるモノも混じり始めた。

「ぁが……あ……ぁ……あ……アアアーーーー！」

そして――頭部全体が弾けた。

咲き乱れる血と脳漿の赤い華。

その場に倒れ込む木戸。頭部を失った胴体部分がしきりに痙攣する。

指揮を失った電気信号が無秩序に体内を駆け巡り筋肉を刺激する。

両足と両手がビクンビクンとそれぞれ別の生き物のように跳ね上がる。

そして――残る五人の頬には血と小肉片で化粧が施されていた。

「…………」

絶句。

ただひたすらの絶句。

固まって……全員が動けない。

無理もない。

五分ほど前までは、普通に下校をしていたのに……突然のスプラッター現場だ。

いきなり湧き立った暴力と死の香りの中で、普通の高校生がまともな対応を取れる訳もないのだ。

順平は、恐る恐る、自らの頬に手をやる。

ベトリとこびりついた肉片を視認し、その生暖かい感触を確認し——そして彼はその場で屈んで嘔吐《おうと》した。

ピチャピチャと胃液混じりの吐瀉物《としゃぶつ》が床に撒き散らされる。

そして、頭部を失ってもなお、未だに痙攣を続ける木戸。

引《ひ》き攣《つ》った全員の表情を確認した神は、満足げに頷き、そして掌を叩いた。

パシィンと乾いた音が鳴り響く。

すると——怪訝《けげん》な現象が起きた。

周囲全体に飛び散った血液と肉片が、物理法則に逆らい始めた。

あるいは、それは独自の意志を持った生物であるかのように……元の場所、木戸の頭部へと向かって流れ始めていく。

ＤＶＤの逆回しのように、木戸の頭部が元に戻っていく。

数瞬の後、木戸の頭部はすっかり元の形状に戻っていた。

そこで彼は起き上がり、素《す》っ頓狂《とんきょう》な声を上げた。

「おい……お前……今……何をしやがった？」

『自己紹介の続きをしておこう。一応、僕も昔は普通の人間だったんだよ？　それで……神様ってのは何でも出来るんだ』

木戸の質問に答える気はサラサラないらしい。

そこで呆気にとられていた順平が、恐る恐る……といった風に神に尋ねた。

「何でも出来るって……？」

急に虚《うつ》ろな表情を神は作り、喋り始めた。

『僕が神になってから……三億年程かな。まあ、一言で言うと、僕は暇なんだよ』

「三億年……？」

『一年を三億回。百年を三百万回。千年を三十万回……そういえば少しは想像もつくかな？』

「百年を三百万回……？」

『ははっ。まあ、そういう事だよ。死ぬ事も出来ない、やる事もない、暇つぶしを見つける事にすら難儀する——さしずめ、僕は神様というよりは……時の牢獄に閉じ込められた囚人といったところかな』

おどけた仕草で神は頷いた。

『そう。それで、僕が求めているものはエンターテインメントなんだよ。ひょっとしてキミ達も知っているかもしれないけれど……君達の世界で遥か昔に実際に売り出されていたファンタジー風のゲームで……似たような神様の設定があるんだよね。それと同じと考えてくれれば分かりやすいかな？』

「……すいません、どのゲームの事か分かりません」

『……結構有名なゲームなんだけど古すぎたかな。まあいいや。とりあえずゲームで例えるのが君達には分かりやすいだろう。そのゲームのラスボスである神様も、僕と同じように普通の世界に飽きたから……魔物を使って世界を荒らしたらしい。いや、気持ちは分かるよ。なんせ普通の平和な世界は見ている側からするとびっくりするほどつまらない。まあ、僕はそのゲームの神様みたいにチェーンソーでは殺されないけど……それはともかく、神様っていう職業は、本当にビックリするくらい飽きるんだ。楽しいのは最初の千年くらいかな？』

そこで神が一同を見渡した時、紀子はイマイチ、ピンとこない表情を浮かべていた。

『うーん……更に分かりやすく言うとだね……小学生の夏休みの日記を百万冊も読んでごらんよ？そりゃあつまらない。そしてそりゃあ飽きる。この上ない罰ゲームだよね？　……そう、それはもう……発狂するのに、十万年も必要としなかったね。イベントの起きない世界は非常につまらないんだ』

「……なるほど。あの……大体の事情は分かりました……で……すいません……そろそろ本題に入ってもらっても……」

そこで、何かを思い出したように神は掌を叩いた。

『ああ、話が脱線したね。僕の身の上なんてどうでも良かったな……それはキミ達の命と同程度に……どうでも良い話だった』

ピクリ、と紀子と順平の耳が動いた。

神と名乗った少年は、さも当然のように『キミ達の命と同程度に……どうでも良い話』と言い放ったのだ。

『と、いう事で現状の説明だ。キミ達は僕の作り出した次元軸から、少し離れた位相に召喚される事になったんだよ』

「……召喚？」

『非常にシンプルに分かりやすく言うとだね……まあ、僕の趣味はテレビゲームだったりする訳だ。うん、君達を送り出した世界は非常に良いモノを作り出してくれたよ。本当にキミ達人間は上手い事やってくれたよね。ようやく……ようやく……人間が……僕に役立つ道具を作ったんだ……苦節……三億年……』

感極まったように神はその場に跪《ひざまず》き、目頭を押さえて小刻みに震え始めた。

本当に感動しているのか、その瞳からは微かに涙すら溢れている。

「すいません、神様……本題を……」

『ああ、また、脱線してしまったようだね？　で……その手の話でよくあるだろう？　中世ヨーロッパ的な世界観のファンタジーで、魔王を討伐するために、現代から勇者を召喚するって話……

まあ、ベッタベタなお約束って奴だね』

「召喚って……？」

『うん。勇者の召喚。僕の管轄外の世界で、魔王が現れたってお話でね。向こう側の世界の王様が……君達をご所望らしい。それで……まあ、一応君達は僕の所有物……という扱いになっているんだ。で……転移魔法に対する許可を出すか否かも僕次第って話ね？』

そこで、紀子が口を挟んだ。先ほどの木戸の惨殺現場がよほどショックだったらしく、その顔は真っ青に染まっている。

「貴方は神なんですよね？　だったら……私達の願いを聞き届けてはいただけないでしょうか？　私達は……日本で……普通に暮らしたいんです」

『ねえ、知っている？』

少年は、無垢な笑みと共に続ける。

『——キミ達の世界の神は……確かに、それぞれの願いは聞く。でもね……？　ただ、本当に……ただそれだけの存在なんだよ。願いを受けての奇跡は絶対に起こさない』

「確かに……神の奇跡は現世には起きた事はないけれど……。貴方が神であるとして……事実、存在するのであれば……それはまたどうしてなんでしょうか……？」

『こりゃあまたナンセンスな質問だね。何をやろうとどうせ無駄、そもそも、楽しい事なんて何一つない。数十億人、いや、数千兆、それ以上の天文学的数字の生命体にこぞって祈られて拝まれてごらんよ。一つ一つの事案に対処できるかい？』

「でも貴方は神なんでしょうに？」

『ははっ。うん……そうだね。女子高生のお決まりのお悩み……ダイエットやら恋愛成就やらといった数千万単位のオーダーに、一々相手しろって？　あまりにもナンセンスだとは思わないかい？』

「いや、それは無視してもいいかもしれないけれど……それでも、不治の病の人や飢餓に苦しむ子供達……ううん、他にも――」

紀子の言葉を神が遮る。

『彼らを助けてどうなる？　どうせいつかは死ぬし無駄だ。第一、楽しくない』

そして、ニッコリと続けた。

『まあ、要するにね。神様になった最初の頃は、飽きるほど願いを叶えてあげたんだよ。そう、本当に文字通りにもう飽きたんだ。それじゃあ暇つぶしにならない』

「いや、でも……」

『うーーん……。きちんと説明したのにまだ何かあるの？　君が何を言いたいのか良く分からないんだけど……』

少年は真顔で、顎に手をやって考え込み始めた。

ああ、こりゃダメだ、と一同は頭を抱えた。

昔は人間だったという眼前の少年――我らが神様の道徳心と通常の思考回路は、とうの昔に壊れてしまっているらしい。

今現在の彼の行動基準はそれが暇つぶしになりえるか否か、ただそれだけのようだ。

そんな事を順平が考えていると――神は突然、心底楽しそうにケラケラと笑った。

『話を戻そうか……召喚の話だったね？　で……面白そうだから……そういう事だから、許可してみたんだよ。分かってると思うけど……拒否権はないから』

確かに先ほど超常現象を見せられはしたが、順平としては正直……彼が神であるか否かは、それでも半信半疑だった。

何というか……ノリが軽すぎるのだ。

サラっと、とんでもない事をやったり言ったり、好き放題な感じだ。

とはいえ、目の前の少年に言いたい事は色々あるけれど、いきなりスプラッター映像を見せつけられて順平が何を言える訳もない。

が、そこで木戸だけは、再度……少年に向かって食ってかかった。

「おい、さっきから訳分かんねー事ばっかり言いやがってよ……大体……」

つまらなさそうに神は肩をすくめた。

『んじゃあ、もう一度やってみる？　前回は痛覚を遮断したけど……今回は痛覚十倍増しくらいでさ』

すると木戸は軽い呻き声のような一声を上げた後、沈黙した。

押し黙る一同を確認し、神は深く頷いた。

『それじゃあ、説明を再開するね。今からキミ達には異世界に行ってもらうんだけれど……色々と、こちらと向こう側ではルールが違うんだ』

「ルール……？」

『そそ。これがステータスプレートなんだけどね……』

六人それぞれに、一枚ずつ、板チョコレートのような金属片が手渡された。

見ると、そこには順平の名前とステータスが記載されていた。

『ああ、説明する前に一つ。そのステータスの一番最後に、スキルが記載されているだろう？』

確かに、ステータスプレートの一番下に、【鑑定眼（超級）】と記載されていた。

『まあ、いきなりそんな世界に飛ばされた君達に対し、多少の同情はある。だからまあ、僕からのプレゼントだ。純粋に……好意だと受け取ってもらって構わない』

『ちなみに……』との前口上から、神によるスキルランクの説明が簡単に行われた。

まずスキルのランクは五段階。

・初級
・熟練級

・達人級
・英雄級
・超級

以上のようになっていくらしい。具体的に言うと、スキルの種類にもよるが、熟練級でオリンピック選手と同程度の能力という事だ。

刀術を例に出すと、宮本武蔵で達人級……との事らしい。

『つまり、【鑑定眼】が超級というのはかなりのレベルだ。君達は見ただけで、敵の詳細やアイテムの効用、それぞれが何でも分かる。これは結構……良いプレゼントだよ。その価値が分かる者にとったら……という限定はつくけれど』

イマイチ要を得ないという顔をした後、それぞれが自分のステータスの確認を始めた。

すぐに、木戸が少年に向かって質問を投げかける。

「で……基本的に、向こうの世界の連中って……どれくらいのステータスなの?」

『成人男性の非戦闘員の平均値で、ＨＰは５０前後と考えてもらえればいい。その他のステータスは２０前後ってところかな』

その言葉を聞いた木戸は、全員に向けて自分のステータスプレートを差し出した。

【木戸翔太】
職業　▼▼　魔剣士
レベル▼▼　１
ＨＰ　▼▼　３００
ＭＰ　▼▼　０
攻撃力▼▼　７０
防御力▼▼　５０
回避率▼▼　３５
スキル▼▼　鑑定眼（超級）

おお、と一同が息を呑んだ。

「ひょっとして……俺って結構なチートじゃね？」

『うん、君はなかなか……イイ線いってると思うよ』

その発言に、木戸は満足げに頷いた。

さらに残る取り巻き達のステータスも、木戸には相当劣るものの、レベル1の時点で一般人を遥かに凌駕するものとなっていた。

『ちなみに、魔物や人間を殺さなければ経験値は溜まらない、つまりレベルもステータスも上昇しないからね。あと、倒した魔物や人間に触れる事によって勝手に解体されて……ドロップアイテムが発生するから……アイテムとか、素材とか……肉とか』

木戸達は自分のステータスの話で盛り上がっていて、今の発言は耳に入っていないようだ。

「あの……人間って……？　で……肉？」

順平のその言葉には応じず、神は更に解説を続ける。

『ちなみに、レベルアップによって得たボーナスポイントを振り分けて強化する……という形式だ。職業に応じて、得られるボーナスポイントも違う。で、木戸君だったかな？　君は上級職の魔剣士だから、レベル１アップについて１５ポイントが加算される。そこの茶髪の頭の悪そうな君はただの剣士だから……１０とか、まあ、そういう感じだね』

更に、木戸とその取り巻きがざわめいた。

「やっぱり俺……結構なチートじゃね？」

「木戸さんマジで半端ねーっすね！」

と、そこで、順平の手に持つステータスプレートが木戸に奪われた。

数値を確認した途端、木戸が急に噴き出した。

すぐにそのステータスプレートは、取り巻きの連中一人一人に回されていく。

確認すると同時に、一人、また一人と噴き出し始める。
それもそのはず、そこには次のような記載がなされていたからだ。

【武田順平】
職業▼▼適性なし
レベル▼▼１
ＨＰ▼▼１５
ＭＰ▼▼１０
攻撃力▼▼５
防御力▼▼５
回避率▼▼５
スキル▼▼鑑定眼（超級）
（スキルスロット残１０）

そこで、笑いすぎて涙目になった木戸が、順平に問いかけた。

「ステータス自体も相当ヤバイんだけど……いや、そもそも……適性なし……って何なんだよ？　無職って事？　いや、まあ……凄い……お似合いなんだけどさ……プっ……ククっ……」

その言葉で木戸達は更に腹を抱えて笑い始めた。

「いや……木戸君……俺にも良く分からないんだけどさ……」

そこで、神が抑揚のない声で割り込んできた。

『まあ、無職が故に色がない、自由にスキルを手に入れる事が出来る……という事でもあるんだけどね。残スロットってそこに書いてあるだろう？』

「スキルを手に入れる……？」

『普通は、職業に即したスキルを二つか三つ……相応のレベルの上昇と共に手に入れる事が出来るんだ。で……君は、色がない故に、倒した敵のスキルを奪う事が出来るという事なんだよ。ああ、敵とは……人間も含まれるけどね』

そこで、木戸があっと息を呑んだ。

「それってひょっとして……結構な能力なんじゃねーのか？」

『レアスキルってのはね、普通の魔物は持ってはいない。例えば……件《くだん》の魔王であれば、それは有用な能力を持っているけれど……』

そして、と続けた。

『スキルを得るには、一人で敵を打倒する必要があるんだ。はたして、君にそれが出来るかい？

それに、さっきも言ったけど、そういった強烈なレアスキルを持つモンスターは、存在自体がレアなんだよ』

と……含み笑いと共に、神は言った。

『まあ……とはいえ、君が強者になる道は完全にない訳ではない……望みはあるよ？　普通じゃない敵がいるようなダンジョン……そして、そこで……上手く立ち回れば……あるいは……ね』

ふむ……と何やら思案した後、順平は言った。

「敵を倒した場合、どうすれば……スキルを奪う事が出来るんですか？」

『君の場合スキルカードが出てくるんだ。それを手に持ち、念じるだけで良い――そのスキルを喰うか否かってね。で、両手の指を見てごらんよ？』

「両手の指？」

『スキルってのは、技や術。そして他の動物と違って、人間を人間たらしめているのは……まずは知能、そして道具を使用する手先の器用さなんだ、それは分かるね？』

「ええ、そりゃあ……まあ」

『だからこそ、君のスキルスロットは指とした。文字通り、得た能力は手先として使うがいいよ』

と、その時、順平は紀子の顔色が蒼白を通り越して、土気色に染まっている事に気が付いた。

そういえば……ステータスプレートの話題になってから、彼女は一言も発していない。

怪訝な順平の視線を受けて、紀子は儚《はかな》げに小声で呟いた。

「あのさ……とりあえずさ、順平？　木戸達はなんか、ゲーム感覚で……気づいてないみたいだけど……多分……これから、めっちゃ……ヤバイ世界に連れていかれると思うんだ」

「ああ、俺もそう思う」

「で……私達……これから、木戸に頼っていかなくちゃいけないと思うんだ。能力的に……うちらのエースみたいだから……ね」

だから、と紀子は続けた。

「……一緒に頑張ろうね？」

「……？」

憂いを帯びた彼女の表情に、声をかけようとしたところで、神は一連の説明を締めた。

『と、いう事で皆さん……いってらっしゃいっ！』


彼らを構成する全ての物質は光に変換されていく。

目も眩《くら》まんばかりの発光の後、その空間に残っていたのは、一人の少年だけだった。

誰に言うでもなく、彼はほくそ笑みながらこう呟いた。

『無職改め……スキルハンター武田順平君……。実は、僕は少しだけ……未来が見えるんだ。あの迷宮は僕の管轄外で、それから先は分からないけど……もしも……面白い事になりそうだったら……遊びに行かせてもらうよ。それでは良き旅を……』

【竜宮紀子】
職業▼▼　適性なし（村娘）
レベル▼▼　１
ＨＰ▼▼　１０
ＭＰ▼▼　１０
攻撃力▼▼　５
防御力▼▼　５
回避率▼▼　５
スキル▼▼　鑑定眼（超級）

▼　▼　▼

——狭間《はざま》の迷宮。

それは、数千年前、異世界に溢れた、ありとあらゆる邪なる者を封じ込めたとされるダンジョンだ。

難攻不落のダンジョンとして、数百年前に一時期、脚光を浴びた事もあった。

その結果、酔狂にして高名な冒険者が、史実に残っているだけで百九十四名、その迷宮に足を踏み入れたとされている。

そして、生還者はゼロ。

冒険者達は途中帰還の魔術書等、その他、ありとあらゆる事態を想定し装備を調《ととの》えてその迷宮に挑んだ。

だがしかし、誰が行っても、何を持って行っても、その後の消息は不明となっている。

個人としては最強の戦力を持つとされるSランク級冒険者がその迷宮に挑んだ事も何度もあったが——結果は、歴史の示す通り。

そもそもありとあらゆる系統の帰還魔法の全てが作動しないというのは異常だった。

興味を持った、とある王立研究機関の魔術師団が、迷宮の外部から観測した結果、その迷宮は異なる世界軸に属するモノであると結論付けられた。

異世界からの勇者召喚に代表される通りに、次元の平行軸上にはありとあらゆる世界が存在する。

つまりは、迷宮の入口を潜ると同時にこの世でもない、そしてあの世でもない、あるいは、この地でもあり、そして彼《か》の地でもある……そんな場所に飛ばされてしまう……と。

そういった理由から、その迷宮は、現在は狭間の迷宮と呼ばれている。

だがしかし、狭間の迷宮と呼ばれているのは、広く世間一般的にという意味である。

近隣の集落では、古くからその迷宮は生贄《いけにえ》の迷宮と呼ばれていた。

何故に生贄の迷宮などと言われているのか。

話は単純だ。かつて、世界を滅ぼしかけたとされる圧倒的規格外の邪なる者達が封印されている迷宮。その迷宮から溢れた呪詛《じゅそ》は、近隣の村に凶作、自然災害、モンスターの氾濫等を引き起こす……そして、それを回避するためには、定期的に生贄を迷宮に捧《ささ》げなければならない……と。

――早い話が、人身御供《ひとみごくう》の制度が、その迷宮の近隣では現在も伝わっているという次第である。


「……で、爺さんよ？　何で俺らの中から生贄が選ばれる訳？　確かに、このままだと……凶作で目も当てられねえって話だが……」

木戸が眉を寄せながら、村の長老を問い詰めた。

十五畳ほどのログハウスの中、調度品の類《たぐ》いは全てくたびれている。

テーブル上には、紅茶とチーズが置かれているが、チーズは傷《いた》んでおり、青カビが微かに表面を覆っている。

可能な限りの上級のもてなしがなされているのは実際に間違いないのだが、これで村の長《おさ》というのだから、この集落の窮状は推《お》して知るべしという事だろう。

沈痛な面持ちと共に、長老は木戸に言葉を投げかけた。

「異世界からの勇者……本来であれば、王国同士の戦争における戦術兵器として使われるのが世の常……それは知っておろう？」

「ああ、だが、俺ら全員……使えない連中だったから、こんな辺境で蛮族狩りをさせられてんだろう？　っつーか、自警団って奴だな」

木戸は、まあ、勇者としてもそれなりだったのだが……総合戦力として、パーティーとして、あまりにもアレすぎる……という事で、一行はまとめて王都からこの辺境の地に飛ばされたという経緯があった。

「その通りじゃ。そして、お前らは全員……所詮《しょせん》、よそ者でもある。そうであれば、生贄に選ばれるは必然」

そこで、木戸は挑発的に笑った。

「とはいえ、俺と……残りの三人は、まあ、ここでも役に立ってるわな？　なんなら、俺ら抜きで……蛮族退治をやってみるか？　自警団は壊滅で……後はえらい事になるぜ？」

そこで、老人はググっと肩を震わせた。

「確かに、お主らは……異世界からの勇者崩れ……この世界の普通の人間よりは遥かに力を秘めておる」

「だったら……」

と、そこで老人は木戸を手で制した。

「あの男……の事だ」

「ああ、ブタちゃん……武田の事ね？」

「お前と、奴のステータスを考えてみろ」

そこで、木戸は瞳を閉じてステータス画面を呼び出してみた。

【木戸翔太】
職業　▼▼　魔剣士
レベル▼▼　１２
ＨＰ　▼▼　４００
ＭＰ　▼▼　０
攻撃力▼▼　１５０

防御力▼▼　５０
回避率▼▼　３５

木戸は、攻撃的な性格が表している通り、攻撃力にボーナスポイントをかなりの割合で振っている。そして、武田順平は次の通りだ。

【武田順平】
職業　▼▼　適性なし
レベル▼▼　１
ＨＰ　▼▼　１５
ＭＰ　▼▼　５
攻撃力▼▼　５
防御力▼▼　５
回避率▼▼　５

はっきり言ってしまうと、この世界の一般基準と比較しても、順平のステータスはゴミクズクラスだった。

「まあ、あのブタちゃんはアレだから……どうしてもっつーなら、認めない事もないがな」

その時、長老のログハウスに、コンコンとノックの音。

入ってきたのは、鍬《くわ》を担いで、泥まみれの……農作業を終えた後の順平だった。

服装はボロ布をツギハギさせた粗末なものだ。

学生服やカッターシャツ等の化学繊維は珍しいため、錬金術師の研究材料として高く売れる。

故に、彼の元々の服は、とうの昔に木戸に搾取されて、かつての王都暮らしの際、木戸の遊興費に消えてしまっていた。

「で……何で俺がこんなところに呼ばれて？　農作業の途中だったんだけど……俺ら全体の意思決定に関する事項は、全部……木戸君に任せてるはずで……」

ふむ、と老人は頷いた。

「正直な話……な。最初は、お主が適任だと思っていた」

「……適任？」

「お前も、生贄の迷宮の事は知っているだろう？」

「定期的に……生贄を捧げるという……？」

「そして、今がその時期なんだ……村の者から出すには忍びない。そうなると、お主らの中の誰かが……」

そこで、順平は首を左右に振った。

「そんなの、あまりにも……じゃないですか？」

そう、と老人は頷いた。

「お前は働き者だ。正直、その虚弱体質で……よくぞここまで、農作業をこなしてくれた……と思わないでもない。働き者は村の宝だからな」

「いや、俺が頑張ってるのは……紀子に……頑張れって……そう言われたから……」

そこで、老人はさらに頷いた。

「と、なると……生贄は、その女になるんじゃよ」

「その女って……紀子？」

そこで、順平は、紀子のステータスを思い出した。

【竜宮紀子】
職業　▼▼　適性なし
レベル▼▼　1

HP▼▼　10
MP▼▼　5
攻撃力▼▼　5
防御力▼▼　5
回避率▼▼　5

これまた、惨憺《さんたん》たるクズステータスだ。
ちなみに、一般の村人のレベル1のステータスは次のような形となる。

レベル▼▼　1
HP▼▼　50
MP▼▼　10
攻撃力▼▼　20
防御力▼▼　15
回避率▼▼　10

長老の言っている事を理解した時点で……順平は拳を握りしめた。

結局、どこの世界でも、上の者が発する命令は絶対な訳で、そして、長老自体もそれほどの無茶苦茶は言っていない。

要は、優先順位の問題なのだ。

それなら、紀子に白羽の矢が立つのも自明の理だろう。

けれど。

と、勇気を振り絞って、順平はこう言った。

「生贄……俺が……なります」

「しかし、お前……」

「どうしようもない事なんですよね？　だったら……紀子の代わりに……俺が……」

その言葉で、木戸は感慨深げに頷いた。

「武田……お前さ……こっちに来てから変わったよな？」

「変わったって……？」

普段の威圧めいた表情を崩し、柔和な、人懐っこい表情を浮かべる。

「誰よりも真面目に……お前が働いてるのは知ってるよ」

「でも、それは紀子が頑張れって……急にこんなところに飛ばされてきて……だから、こんな時だからこそ、出来る事をしようって。だから俺は……自分に出来る事を精一杯やって……みんなを見返そうって……」

「昔、苛めて悪かったよ……俺は、お前を尊敬する。普通は出来ねーぞ……生還率0パーセント……中がどうなってるかは知らねーが……普通に、死ぬぞ？　本当に……それで良いのか？」

「でも……俺は紀子のために……」

順平の肩を両手で掴み、木戸は続けた。

「うん……お前……カッコいいよ。今まで……苛めて悪かったな」

「あのさ……」と順平は、懇願するように木戸に言った。

「紀子にだけは……身代わりで俺が行くってのは黙っててくれないかな？　あいつの性格だと……それだと自分が行くって……絶対……言うと思うんだ」

「……ああ」

悲しげに、そしてやるせなく、順平の言葉に木戸は頷いた。


迷宮の入口は、村の外れの道を十数キロ歩いた場所に所在する。

村から迷宮に近づくにつれて、樹木の色素は薄まっていき、秋口のイチョウのような黄色い色に一面が包まれていく。

季節は春先なのにと、その光景に違和感を覚えるが、常時、迷宮に封じ込まれた邪神の類いが呪詛を撒き散らしているという話だ。

事実として、農作物に甚大な被害を与えているのだから、それも頷けるという物だろう。

そんな事を考えながら順平は先導する木戸達の後ろを追従していく。

木戸、木戸の取り巻き三人、紀子……そして、順平。

なんだかんだで、この世界に来てから、色々あった。

勇者として喚《よ》び出されたはずなのに、辺境の地に……まるで厄介払いのように放逐《ほうちく》された。

闘えるステータスを持っていたのは木戸とその取り巻きだけだった。

何も出来ない役立たずではありたくない、いや、それじゃダメなんだ……と紀子がそう言ってくれたから、順平は柄にもなく、この世界に来てから、ずっと頑張って来たのだ。

やがて樹木の狭間に、崖のような岩肌が現れた。

ポッカリと洞穴が口を開いており、深淵の暗闇から、背筋が凍るような冷気が流れてくる。

そこで、紀子が口を開いた。

「でも、順平……アンタ……本当にそれでいいの？　順平が選ばれたって言っても……でも、それでも……私が行ってもいいんだよ？」

首を左右に振り、順平は紀子を見つめた。

――ずっと、ずっと、自分の事を思っていてくれた幼馴染。紀子が自分と同じ気持ちを抱いてくれているとは思えないけれど――それでも、自分が恋している女の子だ。

「仕方ない事なんだ」

沈痛な面持ちと共に、紀子は続ける。

「でも、やっぱ私が……」

そこで、順平は叫んだ。

「だから、俺が行くって言ってんだろ⁉　選ばれたのは俺なんだっ！　お前じゃないっ！」

久しぶりに見せる順平の剣幕に、紀子は気圧《けお》されたかのように後ずさる。

「……うん。分かった」

そうして、一行は洞穴の中に一人一人、身を屈めて入っていった。

順平は、死地に赴くために。

それ以外の者は、順平を見送るために。

中に入り、ランタンに照らされた岩肌を辿っていく。

すぐに、半径十メートル程の円状の広間に出た。

その中心には白線が引かれている。それを確認した木戸は、白線の前で立ち止まった。

「この迷宮は、この世とあの世の間……狭間の迷宮と呼ばれている。この線が……あちらとこちらを分ける……そういう事なんだろう」

皆が順平を見る。その視線を受けて、順平は頷いた。

そして、躊躇《ちゅうちょ》もせずに右足を踏み出し――白線をまたいだ。

白線を踏み越えているのは体の半分。

現在、あの世とこちらの中間――まさに、狭間の位置に順平は位置していた。

「うん。日本では色々あったけど……この世界に来てから、俺らは仲間だったと思うよ？　みんな、本当にありがとう。でも……出来れば、俺の事は忘れないで……」

振り向きながら、寂しげにそう言う順平に、木戸は笑った。

「と、いう事で――大成功ーーーーっ！」

一同が、ドっと笑い始めた。

「え……成功……て？」

そこで、木戸が紀子を抱き寄せる。

そして、二人は唇を合わせた。

舌を入れたディープキス――しばしの抱擁の後、唾液の線と共に、二人は唇を離した。

「ごめんね、順平――私達、付き合ってるんだ」

何が起こっているのか、さっぱり分からない順平は、その場で固まる事しか出来ない。

「えっ？　えっ？」

あのさ……と木戸は口を開いた。

「本当の意味での役立たずはお前だけなんだよね。女は子供を産めるって話な？　紀子は……まあ、こいつ自体はダメかもしれねーが、種が優秀なんだ、役立たずなワケがねえんだよ。とはいえ……あの長老……馬鹿だから、俺が言っても聞かなくてな……？」

それに、と紀子は続けた。

「生贄って言うくらいだからね。無理矢理だと……効果が弱いらしいんだよね？　その白線を踏み越えるまでは……自分の意志じゃないと、色々不味いらしくて」

木戸が肩をすくめる。

「それじゃあ、そういう事で——自主的な立候補、感謝するぜ」

でも……でも……と、順平は声を荒らげた。

「でも、紀子は俺の事……嫌いじゃないって……だから、俺……お前のために頑張ろうって……」

目を丸くしながら、紀子は言った。

「うん、嫌いじゃないよ？」

そして、続けた。

「でも、好きでもない」

その言葉を否定するかのように、順平は続けた。

「でも、紀子は……紀子は……俺を……皆の苛めから守ってくれて……」

うん、と紀子は頷いた。

「実際、ああいうの見てたら気分悪いよ？　別に私、順平の事嫌いじゃないしさ。それに普通に、お互いよく知ってる幼馴染だし……さ。本当に、今でも……大事なのは大事だよ？」

「だったら何で……？」

懇願するように尋ねる順平に、ピシャリと紀子は言い放った。

「あの時は、自分が安全圏にいたから……切り捨てる必要もないから、順平を守ったのよ」

「……？」

「でもさ？　どこの世界に自分のケツに火がついてるのに、ただの無能を守る馬鹿がいるの？　つまりは、そういう事」

どこまでも冷たい、彼女の視線に射抜かれた順平は、その場で崩れ落ちそうになった。

けれど、彼はなおも紀子に縋り付くように尋ねた。

「昔……昔……紀子が俺と同じように苛められた時……俺がお前を助けたから……って、俺の事を優しいって……だから……って……」

そこで、紀子は今まで堪《こら》えていた……という風に、腹を抱えて笑い始めた。

「本当に……順平って優しいよね。それはもう……笑っちゃうくらいに。ねえ、知ってる？　優しいって事はね……」

そして、続けた。

「――悪い意味で、救いようもないという意味で――ただの馬鹿なんだよ？」

「……ぁ」

その言葉で、順平の中で何かが折れた。

そして、未だに白線の内部に――完全に体が入っていない彼の、その腹目掛けて、木戸が前蹴りを放った。

「ってことで――迷宮ツアーに行って来いっ！　このブタがっ！！！」

物理法則に従って、順平は後ろに大きくのけぞった。

その瞬間、地面にいつのまにやら――白線に沿って壁が出来上がっていた。

――閉じ込められた。

最早、この迷宮から生還するには、その最深部に辿り着くしか方法はない。

――そうして、順平の異世界成り上がりが始まった。

第二章　不死者の王《ノーライフキング》

ランタンの光を頼りに進む。

広間の奥に続く通路を抜けると、ドアが見えた。

木製の扉で、多少くたびれたような印象を受けた。数千年前からその場所にあったという話なのに、老朽による致命的な劣化は見られない。

ギィ……と重苦しい音と共に広がる光景。

光源もないのに何故だか一面は光に覆われている。そして、見渡す限り、無数の髑髏《どくろ》が点在していた。

とりあえず、所持しているランタンをアイテムボックス……という名の謎の空間に収納する。

念じれば一メートル四方の箱が呼び出され、収納と同時に消えていく。容量も、魔力に応じて増えるらしい。高位の宮廷魔術師であれば、東京ドーム何個分とかそういう例えの方が近くなるほどの収容量を誇るという事だ。

——どういう理屈でこうなっているのだろう……

と、まあ、それはさておき。


順平は絶句していた。

一面に点在する髑髏にではない、驚きの対象は——その広さに……だ。

そこはひんやりとした空気に包まれた、半径三百メートル程のドーム状の鍾乳洞《しょうにゅうどう》といった感じの場所だった。

先ほどまで、木戸達と一緒に歩みを進めてきた洞窟の通路から、すぐさまここに繋がるとは考えにくい。

狭間の迷宮と呼ばれているだけあり、先ほどまでの道中のどこかで、次元にズレが生じたという事なのだろう。

「それにしても……物凄い数の髑髏だ……」

見渡す限りの白骨体。

その数は目測……見当もつかない。


——生還率0パーセント。

言葉の重みを実感として理解する。そして同時に自らの胸がきつく締め付けられる。

――職業適性なし。

――レベル1。

――クズステータス。

そして――生還率0パーセント。

白骨体の中のかなりの人数が、名もあり、自信もある冒険者だったのだろう。

恐らく、木戸がここの迷宮に足を踏み入れたとしても……結果は……

現状のデータでは、何をどう考えても、数時間後か、あるいは数十分後かに訪れる破滅の運命しか思い浮かばない。

と、そこで順平は目を見開いた。

――数十分後でも、数時間後でもなく……ソレは、入室一分以内に訪れた。

二十メートル先――いつからソレが佇んでいたかは分からない。

気が付けば、そこにソレはいた。

ソレの体中から溢れる緑色の液体。

全身に蠅《ハエ》を纏い、ボロボロのマント姿。茶褐色の腐った肉には白いウジがビッシリと蠢いていた。

そして、ソレは血錆のこびり付いた鎌を大上段に掲げる。頬が削げ落ちた口元が、こちらを見据

えて、ニヤリと笑ったような気がした。
——【鑑定眼】を作動させる。

【不死者の王《ノーライフキング》】
危険指定▼▼▼　ＳＳ
特徴▼▼▼　狭間の迷宮の門番。死亡した者が邪神の加護を受けて復活した物。既に死亡しているというだけあって、体は脆く、ＨＰは限りなく低い。しかしながら、この魔物には自分が認識した攻撃——つまりは物理・魔法攻撃無効という凶悪な特性が付与されているため、通常の方法では傷つける事は不可能。攻撃した箇所が闇の粒子に変換してしまい、暖簾に腕押しの状態となってしまう。なお、倒したとしてもその個体が消滅するだけで、数か月の一定期間を置いた後に新たな死体を依代《よりしろ》に復活する。

おいおい、と順平の脇腹に嫌な汗が走る。
「危険度ＳＳって……確か……魔王でもＳ認定とかだよな……？　いや、そもそも、そんなランクがあるなんて聞いた事もないぞ……？　ってか、攻撃無効ってどういう事だよ……初っ端からソレって……どうなってんだよ……この迷宮は」

回れ右をすると同時に順平は駆け出した。

白骨死体を踏み砕きながら、彼は全力で駆ける。

数秒ほどの逃走行動の後に、チラリと後ろを見ると――

――目と鼻の先に迫ったノーライフキングが大鎌をこちらに振り落としてきた。

「ひゃっ……」

肩口に熱い衝撃が走った。

痛い……というよりも、ただひたすらに熱い。

飛び散る鮮血、舞い散る肉片。

バランスを崩した順平は、その場で頭からスライディングを行うようにズザザと地面を滑った。

受け身を取りながら、仰向けの体勢になる。

傷口を見ると、肩口から胸元にかけて、十センチ程度が切り裂かれていた。

心臓の収縮に合わせて、血泉が噴水のように湧き出していく。

そして、襲撃者を見上げる。

ノーライフキングは大鎌を振り上げていた――その鎌の先が狙うは、自分の頭部らしい。

――ああ、もう……終わりだ。


そう彼が思った刹那――床が崩れた。

彼の与《あず》り知らぬところではあるけれど、元々、その地盤は、数多の冒険者と、ノーライフキングとの死闘――つまりは、大規模爆撃魔法の影響によって、穴ボコだらけとなっている。

幸か不幸か、順平が滑り込んだ場所は――かつて小規模な爆撃によって半径一メートル程の穴が地表を穿ち、そこに白骨が堆積していた脆い地盤だったという事。

白骨が崩れ落ち、そのまま彼は重力に従って落下していく。

その深さ、概ね十メートル程度。

轟音。

背中をしこたまに打ち付けた。

地下空間、その地表との衝突で順平の肺から、意思とは関係なく空気が漏れる。

同時に、メチャリ、と嫌な音。

肋骨が数本オシャカになった音だった。

肩口の傷、そして肋骨の粉砕。

もはや、彼の脳内は、爆発する電気情報――痛みという概念を処理できない状況に陥っている。

頭上を見上げると、ノーライフキングが、穴の端からこちらを見おろし——そして、一瞥をくれると、去って行く姿が見えた。

何故に魔物が追撃を仕掛けずに去ったのかは分からない。

だがしかし、魔物がいるいないに関係なく、生命の危機に瀕している事に違いはないのだ。

——失血が……酷い。

肩口を中心に、急速に体温が低下しているのを知覚する。

——あぁ……もう……俺は……

そうして、順平の意識は暗転し——暗闇の地平と混ざり合った。


「ん……」

気が付けば、順平は辺り一面を銀色の粒子に囲まれた空間に居た。

銀の粒子が仄《ほの》かに揺れるものの、基本的には漆黒の暗闇に囲まれた空間だ。

どうやら、この階層は二段階構成になっているらしく、先ほどまでの地表が上層、そして今いるここが下層となっているらしい。

「下も鍾乳洞かよ……」

ひんやりとした空気が傷口に心地よい。

と、そこで順平はすぐさまに肩口を確認した。

「うわ……なんだ……これ」

ボロ服の下に見える傷口は塞がっており、いや、正確には塞がりかけていた。

肉が、目に見える形で蠢き、ピンク色の皮膚組織が赤色を覆い尽くしていっている。

そして、傷口の周りだけ、先ほどから自分の周囲を飛び交っている銀色の粒子の密度が異様に濃かった。

上半身を起こし、更なる異変に気付いた。

「肋骨……確かに……さっき……嫌な音がした……よな？」

けれど、上半身を起こしたというのに、痛みは一切ない。

「どういう事なんだこれは……」

銀色の粒子が飛び交う空間は、半径にして五メートル程度の半球状。

周囲を見渡すと、経年劣化と思われる、半ば茶色に変色した一枚の紙を見つけた。

「……？」

順平はそれを読み始めた。

†

ハッハー！　どうも初めまして。

このイカレた迷宮へようこそ……とでも書くのが正しいのかな？

こんなところに足を運んでしまったあなたは……腕に覚えのある冒険者？　あるいは、何かでハメられたお馬鹿な子羊？　はたまた、無難に、生贄として捧げられた普通の村人？

まあ、そんな事はどうでも良い……どうせ、俺も含めてみんな死ぬ。

弱者も、強者も、含めて……みんな死ぬ。

もう、ヤケッパチだ。ハッハー！

で、いきなりだが、俺の特技は【鑑定眼】と【過去視】の能力だ。

冒険者としての実力は……レベル２００くらいと言えば分かるか？　大陸一の剣聖で、レベルは３００前後って話だから……まあ、俺もほとんど人間辞めてるレベルだ。

で……自分で言っちゃぁなんだが、どんな迷宮でもクリア出来る自信がある。いや、自信があった。

何しろ、【過去視】でどんなトラップも分かるし、モンスターの傾向も分かる。併せて、このレベルだ。

逃げに徹すれば、負けようがないし、死にようがない。

が、ここはちょいっと……ヘヴィーだな。

正直に告白しよう。

読みが甘かった。


それはともかく、この場所に辿り着いた君は運が良い。

何しろ、速攻で、安全地帯であるこの場所に来る事が出来たんだからな。

ちなみに、この場所は魔物は絶対に立ち入れないし、自然に傷を癒してくれる。なんでこんな空間があるのかは……どこかの誰かの暇つぶし……というか、慈悲なんだろうな。

安心して、コーヒーでも飲みながら、この文章を読んでほしい。

と、いう事で、あとの冒険者のために、この手記を残そう。

第一階層を陣取る魔物……君も見たか？　あいつはクレイジーだ。

他人の不幸は蜜の味ってなもんで、傍《はた》からアレに襲われる人間を見てたら、ウイスキーでも煽りながら大爆笑もんだろうね。

なんせ、攻撃が一切通じない。

何やっても無駄、何をやっても通用しない。

聖剣もダメ、最上級の雷撃もダメ、状態異常もダメ。

勇者様の怒りの一撃でも話になんない。

——文字どおり、全ての攻撃はアンデッドの王の闇に呑まれる。

と、まあ、傍から見てる分にはいいんだが、実際にアレに追っかけまわされてるほうは……たまったもんじゃねえわな。

で……【過去視】の能力で見たから間違いない。本当に、何をやっても無駄なんだよ。

正に、悪夢って奴だな、ハハハー。


以上、健闘を祈る！


……ってのも、まあ、アレだな。

残せる情報は全部残しておこう。

かつて数例だけ、奴を討伐した例はある。

そう、攻撃が一切通じないはずなのに……あったんだよ。

だが、大規模魔法による爆熱の大混戦の末だったため、具体的な攻略法は俺では確認できなかった。

共通している事は、何が起きたのかを確認できない爆発魔法の後、あるいは乱戦の最中……という事だ。

ドロップアイテムはレア度Sを通り越して、国宝級から神話級。恐らく、獲得経験値も……既にレベル２００を超えている俺ですら、さらにレベルが１００くらい上がるだろうな。まあ、そういう規格外。

ちなみに、冒険者とは無縁に……哀れにもここに放り込まれた連中のために、教えておこう。

この世界のアイテム入手難易度は次の通りとなっている。

・ノーマル
・レア（ランクE・D・C・B・A・Sまで）
・国宝級
・伝説級
・神話級

で、ノーライフキングから出るドロップアイテムは……喉から手が出る程に魅力的な物ばかりだが、もしも逃げ足に自信があるのであれば……素直に逃げる事をオススメしよう。

実際、俺もそうする予定だしな。

とりあえず、過去の事例を見る限り、奴が現れるのはこの安全地帯を出てから平均一分間だ。

その間に……全力で走れ。

東の端に、次の階層へと続く階段がある。そこのドアを通り過ぎれば、奴の管轄外らしくそれ以上は追ってこない。

だから、この階層は逃げ切り先行をオススメする。

それでは、本当に健闘を祈る。

次の階層にも似たようなメモを残しておく予定だが……なかったらなかったで、色々と察してくれ。

それでは、アディオス。

ちなみに、この場所は回復が自然に行われるだけで、普通に腹は減るから注意しろな！

【過去視】で見たところ……いや、見るまでもないな。餓死者はまあ、見てのとおりだ。

†

読み終えたところで、順平は溜息をついた。

見渡せば、銀色の空間の中に白骨死体は二十程度。

安全地帯だというこの場所に居座っても、末路は同じだ。

「と……なると……この人の書き残した通りに……東の端を目指すか」

ご丁寧な事に、筆記者は東西南北の記号を地面に書き残している。

――ただの親切なのか、はたまた、文章の通りご機嫌な様子の人物なのか、あるいは……その他の狙いがあるのか。

それはまあ良い、と順平は立ち上がった。

「結局、ここにいても餓死は確定しているなら、早く進んだ方が良い」

と、彼は銀色の粒子に覆われている空間の端まで歩み進んだ。

――過去の事例を見る限り、奴が現れるのはこの安全地帯を出てから平均一分間程度。

見たところ、東の端の壁までは三百メートル……普通の人間なら、まあ、タイムアウトとはならないだろうが、自分の体型はかなり酷い。

が、やらなければ死ぬだけだ。

クラウチングスタートの姿勢を取り、全力ダッシュを行おうとしたその時。

「……待てよ？　さっき【鑑定眼】で見たノーライフキング……その能力……攻撃が無効、ＨＰは限りなく低い……そして……脆い？」

その場であぐらをかいて、順平は考え始めた。

「攻撃が無効なのに、何で脆いんだ？」

そして……と続ける。

「攻撃が無効……でも……数例だけ……討伐の実例があるって話……確かに……奴を倒す事が出来た実例は存在したん……だよな？」

そこで、順平は頭の中で、パズルのピースが嵌まるような、あるいは、ほつれた糸が解けていくような感覚を覚えた。

――考えろ……考えろ……武田順平っ！　恐らくここが今後を生き抜くための最初の分岐点だ。

――HPは低い。体も脆い。けど、死なない。それは何でだ？　決まっている……攻撃無効のスキルがあるからだ。

――でも……この手記を信じるならば、あいつを殺す事は……出来る。それは何でだ？　如何なる攻撃でも死なないはずの者が死ぬ……。その条件は……爆発と……乱戦……

そこで、あっ……と順平は息を呑んだ。

――確かに、俺の推測通りなら……爆発の魔法と乱戦という状況下ならば、それは可能だ。

――しかし、俺には爆発の魔法はない。単独の状況下、なおかつ……俺のステータスはクズ以下。乱戦という状況も作り出せない。

そして――天井を見上げた。

所々から覗く天穴から、光が差し込んでいる。先ほどの腐った肉を纏う魔物を思い出し、安全地帯にいるというのに背筋が凍る気分だった。

が……と、順平は口元を微かに歪ませる。

――いける……これならいけるっ！　読みが当たっているなら……俺でも……いけそうな……気はする。

――問題は、奴の体がどれほど脆いか……だ。冒険者達の生み出した爆発魔法の影響で、その現象が起きたのなら……あるいはそれは可能だったのかもしれないが。

――俺が同じ状況を作り出したとして……与ダメージはどれくらいだ？　そもそも、読みが当たっているかどうかも賭けだ。当たっていたとしても……それから先も賭けになる……

――確かに、アレを倒せば大幅なレベルアップも見込めるし、ドロップアイテムもあれば……あるいは、これから先を進むために……多少の体裁は整えられるかもしれないけれど……


そこで、順平は首を左右に振った。

「やっぱり、止《や》めておこう……か。次の階層には、ひょっとしたら……もっと簡単に……俺でも立ち回り方次第では手軽に……いける魔物が現れるかもしれないし……」

このまま、ここに居ても餓死……それは確定だ。

そして、実際のところは、次の階層に行っても……どうせ、そこの魔物に殺《や》られるだけ……

それは順平にも分かっている。

でも、それでも……一縷《いちる》の望みがあるのであれば。

ここよりももっと簡単に、安全に……レベルアップ、そして装備やスキルの充実、それら……これから先を進むための準備がもしも出来るのであれば。

どれだけ薄い確率でも、どれだけ楽観的な思考だとしても……その確率が、次の階層ではそれが出来る可能性が0でない限りは……と。

その時、順平の脳裏に紀子の横顔が浮かんだ。

『でもさ？　どこの世界に自分のケツに火がついてるのに、ただの無能を守る馬鹿がいるの？　つまりは、そういう事』

順平は思う。

木戸と紀子がどの時点で付き合っていたかは分からないけれど、少なくとも、あいつは……俺をあっさりと切り捨てるような女じゃなかった。

でも、実際に……切り捨てた。

あるいは、紀子は自らのステータスに絶望し、強者の保護を得ようとして、女という武器を使ったのかもしれない。

そして……それは正しい。

どこまでも正しく、理不尽なほどに説得力のある選択肢だ。


——力ない弱者は……蹂躙《じゅうりん》されるだけ。


ここは日本じゃない、異世界だ。変わらなければ……ただ、奪われるだけだ。

「こんな当たり前の事に今更気が付くなんて……それでこんなところに落とされて……挙句に……

このザマだ」

肩口にざっくりと刻まれた深い傷の跡。

体の傷は塞がったが、血を失った反動のためか、ふらふらと膝が笑っている。

そして……と順平は右手を広げて、自らの頬を自らで思い切りはたいた。

「おい、頭膿《う》んでんのか？　武田順平っ！　次の階層の魔物なら、ひょっとすると条件が良いかも知れないって……そんな訳ねーだろっ⁉　ここは……生還率０パーだぞっ⁉」

そして、咆哮《ほうこう》した。

「レベル１、その上……クズステータス、スキルも何もなしの状態で……欠片でも……勝機があるのは……今しかねーんだよっ！」

そして、先ほど魔物と対峙《たいじ》した上層へと続く、螺旋《らせん》階段のような形状の岩肌を確認する。

良しと頷く。

あそこから上へ行けるようだ。

更に、天井の一部分から微かに漏れる光を確認する。

そして、その差し込む光の先の――鍾乳洞特有の、その真下の地形を。

――上の状況はどうなってるかは分からねえ、それも賭けだ。

けれど、と順平は自らを奮い立たせた。

――一歩を踏み出せっ！　淡い光を頼りに死線を飛び越えろっ……！　生きるためにっ……！

そうして、順平は安全地帯から一歩を踏み出した。

地表を覆い尽くすは一面の髑髏。

全速力のダッシュで上層に歩み出た順平は、頭の中のイメージ通りの配置にすぐさま就いた。

そして――気が付けば奴がいた。

ボロに身を包む腐った死体――ノーライフキング。

この場に晒した屍を作り上げた張本人にして、一切の攻撃を受け付けないという、魔王以上の危険ランクを持つ魔物。

本来であれば、レベル1のクズステータスである順平が、どうにか出来る相手ではない。

――だが、策はある。予想と予測、推論に重ねる推論。薄氷を幾つも踏みしだき、その上で踏み抜かない、そんな、蜘蛛の糸のような頼りない作戦。

けれど、ここで無茶を通さなければ……ノーライフキングを討伐した事による経験値、そしてそのドロップアイテムを得ない事には……ここから先は絶対に進む事は出来ない。

「さっきは出合い頭に……良くやってくれたな、腐れ外道」

順平の言葉に、ノーライフキングは僅かに口元を歪ませる。

血に飢えた大鎌を振り上げ、新たな血錆にするべく――腐った死体が動いた。

「さあ来いっ！　そのまま真っ直ぐだっ！」

そして、順平の眼前一メートルにノーライフキングが達した瞬間、順平は叫んだ。

「ビンゴだっ！　クソ野郎っ！」

言葉と同時、地面が崩れた。

先ほど、順平が落下した時と同じく――累積した白骨を踏み抜いて、ノーライフキングが落下した。

順平は親指を大きく掲げ――そして一気に反転、親指を下に突き落とした。


「テメエも……肉塊になりやがれっ……！」


生じた穴から、地下の様子を確認する。

ノーライフキングが落下した先には、鍾乳洞の地形、その特有の、刃のような、あるいはトゲのような岩が剣山のように配置されていた。

そして、ノーライフキングは串刺しのまま、ビクンビクンと緑色の粘液を撒き散らしながらその場でもがき、やがて絶命した。

順平は、ほっと溜息をついた。

【鑑定眼】の能力にはノーライフキングは自分が認識した攻撃を無効化できると記載されていた。

しかし、乱戦及び爆発という状況下のみ、討伐例があった。

つまり、自分が攻撃だと認識していない一撃であれば、無効化は不可能。

爆風による巻き上げ、そこからの落下、あるいは、乱戦時における不意の一撃。

それが恐らくは決定打になった。

そして、今現在、順平が作り出した状況、それはつまり――


――落下死。


かつての討伐例の際も、滅茶苦茶な激戦、混戦の末で、今回のような状況が成立したのだろう。

そうなればＨＰが限りなく低く、体は非常に脆い奴の肉体は、今回と同様に一発でオシャカになったはずだ。

螺旋階段を降りた順平は、ノーライフキングの死骸に手を触れる。

すると、熱い感触が体内に拡がっていく。

経験値とは、殺した生物の生命力をそのまま奪い去るという事だ。

つまりはこの熱い感覚がノーライフキングの経験値そのものなのだろう。

ステータスプレートを取り出し、確認する。

「はは……本当にとんでもねえな……マジで……半端ねェ……でも、逆に考えると……いきなりこれ程上がるほどに、ここの魔物は強いって事……なのか？」

そのプレートには、レベル１７８と記載されていた。

振り分け未済のボーナスポイントは８８５。

そこで、ノーライフキングの体が四散し、幾つかの光り輝くカードが地面に散らばった。

それはこの世界でいうところのドロップアイテムであり、念じれば具現化するという便利な代物でもある。

・Ｓ＆Ｗ Ｍ５７　四十一口径マグナム（アイテムランク：国宝級　※弾丸は魔力で補充）
・全状態異常耐性（※耐性だけであり、無効ではない）

「何でこの世界に拳銃が……まあ、狭間の世界ってだけあって……色々あるんだろう」

とりあえず、物質化させた拳銃をボロ服の懐に収納する。

「【全状態異常耐性】……どうするか……」

そこで、順平は最後の一枚のカードを手に取った。

【不死者の肉】
アイテムランク▼▼▼　国宝級
特徴▼▼▼　ノーライフキングの肉。非食用。迷宮の邪神達により発生した強烈な呪詛を人間の死体が帯びたために、発生した魔物がノーライフキングである。当然、その肉は呪詛の塊であり、食した者も特殊な能力を得る事が出来る。具体的に言うと、身体組成が変質し、不死者と同じく、■■■■■となる。

そこで、順平はニヤリ……と口元を歪ませた。

「状態異常耐性と来て……次にこれか。こりゃあ……タイミングが良すぎるな。まあ、不死者の攻撃無効の能力が出なかったのは……残念な限りだが……」

そこで、渋面を浮かべる。

「とはいえ……この肉を喰えば……多分……いや……かなり運任せにはなるが……この迷宮を走破できる可能性が出てくるはずだ」

と、言いながら、彼は腐った肉を具現化させる。

ビッシリと白ウジのこびりついた——緑色の粘液に包まれた肉。

そして、逡巡しながらステータスプレートを取り出した。

レベルアップボーナスポイントは885……

「にしても……これを喰うには抵抗があるな……それに……元は人間の死体だろこれ？　マジかよ……これは……究極の選択だな……オイ」

その時、彼は頭の中に、ゲームのような——とある選択肢が浮かんだような気がした。


——人間、辞めますか？

はい
いいえ

無言で、彼はボーナスポイントの全てを素早さ——回避率に振り分けた。

それと共に、彼は10しかないスキルスロットの一つに、迷う事なく【全状態異常耐性】のスキルを収納する。

「だが……本当にこの戦法で……通用するのか？　上手くハマれば……いけるが……次の階層がどういう場所かもサッパリ分からないし……一つでも想定外の事態が起きれば……そこで終了だぞ？」

けれど……と彼は拳をギュッと握りしめた。

——紙のように薄い確率だが……このままだと百パー、次で死ぬ……だったら。

そして、ゲームで言うのであれば、次の選択肢を彼は選んだ。

↓はい
　いいえ

ピッと、電子音が頭の中に鳴ったような気がして、やがて――彼は不死者の肉を貪り始めた。

腐った血液を飲み下し。

口の周りに、白ウジ混じりの肉片を付着させ。

何度もえづきながら、それでも彼は腐肉にかぶりついた。

そう、次の階層を――生きるために。

――木戸……紀子……お前らは、俺を嵌めた。確実に死ぬのが分かった上で……嵌めたんだ……なら、俺は生きるために、腐った肉でも、人間の肉でも……喰らってやるよっ！

――俺は……俺は……

血涙を浮かべながら、彼はその場で叫んだ。

「――必ず……お前等を……肉塊に……変えてやる……っ！」

The Dungeon Seeker

名前　**武田順平**

レベルアップ：　**1 → 178**

取得ボーナスポイント：　**885**

ステータス

職業：	**適性なし**	レベル：	**178**
ＨＰ：	**15**	ＭＰ：	**5**
攻撃力：	**5** ※サブ武器併用時：175	防御力：	**5**
回避率：	**890**		

装備

メイン：　**なし**

サブ：　**S&W M57　四十一口径マグナム（国宝級）**
※弾丸の補充は魔力による。強化はなし

スキル

（スキルスロット残9）

◎**鑑定眼（超級）**

◎**全状態異常耐性**

属性

不死者の王
※体組織変性。不死者と同じく、[redacted]となる

第三章　巨大な甲虫《マンモス・ビートル》

ハッハー！　ご機嫌かい、兄弟？　ちなみに、この手記はただのお節介だ。

賢明なる諸君は、ノーライフキングからの逃走に無事に成功し、何とかかんとかここまで辿り着けたようだな？

ちなみに、未だ確定ではないが、この迷宮にはどうやら……ここみたいに全ての階層に安全地帯が設置されているらしい。

で、ここは第二階層で、およそ四キロ四方の大森林だ。

哺乳類とか爬虫類とか、そういう系の動物はいないけれどさ、いや、本当にこの迷宮どうなってんだろうな。

ヒカリゴケとかいう素敵な植物のおかげで、森林の植物は光合成まで出来るようだけど……

しかし、気づいたか？　この階層には森林はあるが、動物はいないんだ。

けど、まあ、とにかく……虫は一杯だったよな。

うん……虫はいたよな？


——そう、虫はいるんだよ。


え、虫、虫、虫ってしつこいって？

確かに、見てない諸君はそう思ったりはするだろうなー。でも、見てる奴からすれば、しつこいとは絶対に思わないだろうぜ。

何しろ、もしも虫を見てないんだったら、そいつは凄く運が良いって事だからな。

という事で前置きは終わりだ。

とにかく、この階層のイカれたモンスターを紹介するぜ。

そもそもだな？　カブトムシってーのは、樹液をなめる、そういうノリの優しい昆虫だ。

じゃあ、何で物凄い巨体で襲ってくるのかって？

え？　何で、何をやっても……ほっとんど傷もつかない、悪魔のような装甲なのかって？

既に遭遇している諸君からのそういう声が聞こえてくるぜっ！

じゃあ、回答しよう！

ハッハーっ！　答えは単純だ。

――ここは、狭間の迷宮。それ以上の答えはない。


いや、それ以外に回答の方法はないんだよ。

ハッハー。本当にご機嫌になってくるよな。

俺にはこの生物をどうする事も出来ない。いや、普通の連中にはどうする事も出来ないんだ。

そう、この体長二十メートル以上の巨大生物は……普通の冒険者ならばロクに傷もつけられない。

ぶっちゃけた話をしようか？

この第二階層で、ここに乗り込んできた冒険者達はほっとんど全滅だ。

なまじ、傷を微かにでもつけられるから……ノーライフキングと違って、逃げの一手を打てなかったんだろうな。

ダメージが通ると通らない、この差はデカイ。

でも――奴らはタフだ。超タフだ。

ただのサンドバッグじゃねえ。

こっちの攻撃で……殺すのは……無理だ。

数百発程度の、レベル２００かそこらの斬撃なんざ、屁とも思わねえよ。

え？　何で知ってるかって？


——実際に、やったからに決まってんだろうよ。


奴の攻撃を躱《かわ》す事は簡単だ。

でも、百パーセント躱せるとは言えない。で、向こうの攻撃を一撃でも食らえばこちらはお陀仏だ。

【過去視】で見たから間違いねえよ、それは。

どんな冒険者も……ツノから繰り出される一撃で、瞬時にお陀仏だ。

そう……逃げの一手を選んだ連中だけが、一階層、そしてこの二階層をクリアする事が出来るんだ。

そして、この手記を見ている皆さんは、本当に運が良い。なんせどうすれば良いかはもう分かってるんだからな。

と、いう事で、君には是非ともオススメしたい。

実のところ、この巨大昆虫は足は遅い。それはもう、一般的な人間よりも遅い。

そう、ザッツ装甲車！　硬い、強い、遅い！

その三拍子が揃ってるんだよ……そこが味噌ね？

で……こいつらは、先ほどのノーライフキングとは違って……安全地帯の半径十メートルくらいでずっと回っているよな？

いつでも、何があっても、得物を逃がさない、そんな気迫が伝わってくる。

けれど――【過去視】で見たから俺は知っている。

この階層の真北――そこに次の回廊の通路があるんだ。

賢明な諸君なら、全力ダッシュでそこを目指すだろう。奴はその速度には追いつけない。

なんせ……鈍重だからな。

っていうことでアディオス！

次号があったらヨロシクな！

†

硝煙の香り漂う中――空腹感に耐えながら順平は、銀色の粒子が舞う安全地帯で、独り言ちた。

「逃げろってか……ここをやり過ごす、ただその一点だけで言えば、それが重要なのは分かってるよ、お節介さん」

けどさ……と、続けた。

「逃げの一手だけじゃあ、どこかで……いつか……心臓を抉《えぐ》られる。それは間違いない……だからこそ……」

そして、順平は幾千回目かの引き金を引いた。

順平の眼前に巨大なカブトムシ。

その体重は数十トンか、あるいは数百トンか。

一面の広葉樹林……その樹木を薙ぎ倒し、装甲車よろしく、体高五メートル、体長二十メートルの規格外の生物が、ノロノロとしたスピードでこちらに突進してきていた。

けれど、カブトムシは安全地帯の内側には入ってこれず——ドンという鈍い音と共に弾き返される。

「まあ……」と順平は独り言ちた。

「普通の冒険者なら……【鑑定眼】を持ってないだろうから分かんねーだろうな、なんせ、怪獣映画ヨロシクの大迫力だ」

でも、この筆記者の能力は【鑑定眼】と【過去視】……つまり、知ってたんだよな？

あるいは……遠距離攻撃の術がなかったのか？

又は……いや、その推測はあくまで推測にすぎない。少なくとも、奴は今まで……嘘はついてない。

カブトムシを眺める、順平の眼の裏に浮かんだ文字列、その内容は以下の通り。

【マンモス・ビートル】
危険指定▼▼▼　Ａ
特徴▼▼▼　昆虫型のモンスターで最上級。そのブ厚い装甲は、ありとあらゆる物理攻撃・魔法攻撃を弾き返す。ただし、脳みそが異常に小さく、頭はよろしくない。引かず、媚びず、顧みず。それを地で行く戦闘スタイルで、一旦敵と見定めた者には、己が生命の尽きるまで突撃を繰り返す。

「素早さに全振りしといて正解だったな……前回の俺なら、あの猛攻に耐えきれず一瞬でお陀仏だ。で……後、安全地帯を速攻で発見できたのも大きかった」

更に、順平は四十一口径マグナムの引き金を引く。

——既に、同じ作業を繰り返す事六十時間以上。

断続的な甲虫の突進、そして安全地帯における無効化。

装填可能な限りの弾丸を、頭部に向けて撃つ。

十分ほどかけて、ＭＰを弾丸へと変異させて、そして、再度の弾丸の装填。

ようやく――マンモス・ビートルの頭部の装甲にヒビが入った。

「つってもまあ……前回、不死者の肉を食った意味は……今回はなかったが、ともかく僥倖《ぎょうこう》だな」

ドンっと拳銃の射出音。

そこで、甲虫の装甲を突き破り、弾丸は巨大甲虫の脳へと達した。

ドシィィ……ン。

数十トンか、あるいは数百トンの質量が、その場で横向きに倒れた。

一時間ほど観察し、更に同じ場所に向けて弾丸を続けざまに射出。

それで、カブトムシが微動だにしない事を確認した彼は、安全地帯から外に出て、掌を甲虫にあてがった。

「さて、今回はどんなドロップアイテムが……?」

【マンモス・ビートルのツノ】

アイテムランク▼▼▼　レア（Ｓ）

特徴▼▼▼　硬度はオリハルコンの二分の一程度。地上で得られる武器用の素材としては最上級。加工をしないそのままでは鈍器。

【特殊装甲】
スキルランク▼▼▼　伝説級
特徴▼▼▼　防御力を二・五倍に跳ね上げるスキル。

そこで、順平はツノの素材カードだけをアイテムボックスに収納し、スキルカードを投げ捨てた。

「……外れか。今の俺には防御力なんざ……必要ねえ。……なんせ、レベル1アップごとに……普通ボーナスポイントが10のところを……5なんだからな」

余談だが、スキルとはそもそもカードとして物質化に適するような性質のモノではない。

ではどうして、現にカードとして存在しているかというと、話は単純でスキル継承を行う際に、そういった過程が必要だったという話だ。そのために、わざわざ順平のスキルハンターとしての能力によって、一時的に物質（スキルカード）として固定化させているという訳だ。

本来スキルとは概念や観念的なモノであり、物質化に適したモノではないのは当然の話。

それを無理矢理物質として固定化しているのであるから、当然、スキルカードとしてそのままずっと所持しておいても、時間の経過と共に宙に溶けてしまう事になる。

と、それはさておき、順平は言葉を続ける。

「ここはまともじゃねえ。こっちの頭か胴体に一撃でも貰えば終いだ……腕や脚はくれてやる……

どうせ回復場所もあるしな……そのために……回避に全振りするしかねえんだよ」

そこで、順平は今回のレベルアップ３４、総数１７０ポイントを――回避に全振りしようとし、そこで前方を眺めて、苦笑した。

ドシン、ドシンと重低音と共に、黒光りする巨大な影が幾つも見えた。

「あー腹減ったな……、本当に腹減ってるんだよ……さっきの奴は肉が出なかったが……お前等には期待してるぜ？　虫ってのは、エビっぽい味がするらしいじゃねえか？」

順平はボーナスポイントを、回避でなく、ＭＰにすべて振り分ける。

「これで、弾丸補充の回転数も上がるし、威力も高くなる。本当は……腹が減ってて今すぐにも逃げ出したいんだが……」

そして、続けた。

「ここで……立ち去る訳にもいかねえ」

突如として現れた九体のマンモス・ビートル。

それを見ながら、順平はほくそ笑んだ。

「なんせ、ノーリスクっちゅう……カモがネギをしょってきてくれてんだからなっ……！」

そうして、最弱の少年による、一方的な蹂躙が繰り広げられた。

名前　**武田順平**

レベルアップ：　178 → 312

取得ボーナスポイント：　670

ステータス

職業：　スキル・ハンター　　レベル：　312

HP：　15　　MP：　175

攻撃力：　55（順平の基本値：5）　　防御力：　5
※サブ武器併用時：245

回避率：　1390

装備

メイン：　マンモス・ビートルのツノ（国宝級）

サブ：　S&W M57　四十一口径マグナム（国宝級）
※弾丸の補充は魔力による。強化はなし

スキル

（スキルスロット残9）

◉鑑定眼（超級）

◉全状態異常耐性

属性

不死者の王
※体組織変性。不死者と同じく、[redacted]となる

第四章　神話の獣

▼▼▼▼▼▼

†

ヒャッハー！

さあ、兄弟？　正念場だな？

なんせ、どう考えても倒せない敵が……目の前にいるんだからな？

——いわゆる、初っ端のボス戦だ。ぶっちゃけ、今までの連中の名前は、種族名とかそんなんだろ？

でも、今回は違う、個体名だ。

ぶっちゃけると、俺も【鑑定眼】を使ってみたところドン引いた。

ってか、有りえねえ。

なんでこんな低層に（低層だよな、多分？）こんなのが……と、まあ、思った。

でも、うん、仕方ねえよな。


——なんせ、狭間の迷宮だ。どんなツッコミも通用しないだろうよ。

さあ、兄弟？　お互い……どうする？　どうなる？

と、まあ、お気づきのように……今回の敵はヤバい。超ヤバい。

それもそのはず。

さっきも言ったが……ってか、【鑑定眼】なしでも、見た目で察しのつく通り——地獄の番犬ケルベロスだ。

それでもピンと来ない諸君にも説明しようか。

このレベルの魔族は……そもそも、人間界に現れないらしいな。

神話とかに出てくる、そういう系の魔物だ。これに比べると——


——地上の魔王（笑）。とか、まあ、それ系。

うん、これでヤバさも伝わったと思う。

で、コイツは頭も馬鹿じゃねえ、安全地帯を完全に理解し、こちらが遠距離攻撃を始めても、速攻で離脱する。

遠くからこっちを観察してて、一歩こちらが外に踏み出た瞬間、その一瞬の内に喰い殺される。

その速度たるや、ちょっと笑うぜ？　どうにも、マックスで音速を超えてるらしいんだ。

音速だぜ……音速？

ピンと来ない人に説明すると、戦闘機とか、まあそういうレベル。いや、まあ、地球出身の人以外にはその説明もサッパリなんだろうけどさ（笑）。

【過去視】で色々と見てきたが、こいつを倒すには……自衛隊でも連れてこないと話になんねーな。

流石に、トマホークミサイルのつるべ撃ちなら何とかなるだろ。

まあ、冗談は置いといて、こいつを倒すには神殺しの武器を所持するレベル５００超えの冒険者が徒党を組んで何とか……ってところだな。

ちなみに、俺はソロプレイだ。

だから、とっておきのウルトラＣを使ってこの階層を抜け出そうと思っている。

まともにやっても無理ゲーだからな。だから、マジで逃げる。ひょっとしたら、「ざんねん!!わたしのぼうけんはこれでおわってしまった!!」的な可能性もゼロじゃねえな。うん。

とはいっても、まあ、逃げきる勝算はある。なんせウルトラＣだからな？

……でも、兄弟には無理だろうなー。

一応、階層の出口だけは教えておく。

南の端だ。どうやら、出口については、この迷宮全般に言える事だろうが、割と分かりやすい位置に設置されているらしいな。

で。

せっかくドアを開いた瞬間に安全地帯なんだ。餓死するも良し、いさぎよく食い殺されるも良し……ってところだな。

ってことで……さあ、元気良く、行ってこか――――！！！！

もし、俺が次号を書く事が出来るとして。

更に兄弟がそれを見る事があれば……俺はこの死地を生き抜いた兄弟を心の底から尊敬するぜ！

†

半径一キロ程度の半球状の空間。

そこは平原だった。

迷宮内で、はたしてどういった自然現象が起こっているかは定かではない。けれど確かに、今、一陣の風が水面に拡がる波紋のように、草を薙いでいく事が視認できる。

現在、順平の背後には二階層から三階層への扉。

彼が所在している空間は銀色の粒子に囲まれた安全地帯……となっている。

——そして。

眼前二十メートル程度の距離には、軽く体高四メートルはあるであろう巨大な犬が立ちはだかっていた。

三つの頭。それぞれが人間を丸呑みに出来そうな程の大きさだ。

ボタリ、ボタリととめどなく垂れ流れる涎《よだれ》。

ちょっとしたサバイバルナイフ程はありそうな、鋭い歯がビッシリと並び、殺意を込めた眼光が、肉を求めてこちらを眺めている。

順平は【鑑定眼】で眼前の魔物を確認した。

【ケルベロス】

危険指定▼▼▼　神話級（下位）

特徴▼▼▼　神話ではテューポーンとエキドナの息子として生を受けたとされている。また、冥界王ハーデスの忠犬であり、地獄の番犬として知名度が高い。人間程度の知能を持つが、人語は解しない。典型的な物理ゴリ押しタイプの戦闘スタイルで、特筆すべきは鋭い犬歯による噛みつきの攻撃力だ。その一撃は、オリハルコンで作られた鎧にすらも穴を穿つ。なお、分厚い毛皮と脂肪は、通常人の膂力《りょりょく》、なおかつ、通常の武器では一切の刃を通せない。更にその敏捷性は音速の領域に達し、変幻自在な走行が可能。巨大な霊的質量のため、人間界に現れる事はほぼ皆無であるが、仮に現れた場合、各国の首脳陣はその対策に頭を悩ませるだろう。食欲が旺盛で、狭間の迷宮に於《お》いては常に血と肉に飢えている。

そこまで見たところで、巨大な犬の、その頭の内の一つと——目が合った。

「遠距離攻撃は通用しない。それにこいつは……ノーライフキングのような……搦め手の能力でもない。力だけでゴリ押しする……そういう系の……正統派のパワーファイターだ……」

腰が抜けたように順平は崩れ落ちた。

その場に座り込み、背を丸めて、震え始める。

「……」

更に震えが強くなる。

ピクピクと、小刻みに痙攣したかのように大きく背中が動き、そして彼は——腹を抱えて笑い始めた。

「ハハハ、クハハっ‼」

何がおかしいのか、彼は安全地帯の中で腹を抱えて転げまわった。

「危険ランク神話級って何なんだよ？　そんなランク聞いた事ねえぞ？　分かんねー。完全に意味分かんねー」

そして、笑い涙を左手の小指で軽くぬぐった。

「ってか、ボス級って事は……経験値もドロップアイテムも凄いんだろうな？　オマケに相手は猪突猛進の犬ッコロ……良し、良し、ついてる……ついてるぞ！　いける！　これならいける！　ようやく……ここを乗り越える光が見えてきやがった！」

と、そこで順平は急に笑い声を潜めて、表情を硬くする。

「問題は……俺の回避率が……音速を超えるケルベロスとやらに通用するか否か。そして……俺が自分自身の手でアレが出来るか、その覚悟があるかどうか……だ」

自らの左腕を凝視し、露骨に顔を顰める。

――だが、アレをやらない事には……絶対にこいつを殺す事は出来ない。

そして、首を左右に振り、決死の表情を作った。

――出来る出来ないの問題じゃねえだろ？　殺《や》らなきゃ……殺られるんだから！　そもそも、何でノーライフキングの肉を食ったんだ……お前は？　生きるためだろ？　最初から……それは納得済みだろ？

彼は懐に収納している拳銃――ホルスター越しにその鉄の感触を確かめる。

そして――安全地帯から一歩を踏み出した。

順平が一歩を踏み出したと同時に、ケルベロスはゆっくりと身を低くした。

異形の獣、その後ろ足の筋肉が膨張する。

刹那、あるいは、それ以下の時間だった。

音を置き去りに、巨大質量が瞬間移動と表現しても差し支えのない速度で、順平に向けて突撃を始めた。

三つ頭の巨大犬は瞬く間にトップスピードに達したらしい。

その証拠に、パンっと乾いた音が草原に鳴り響いた。

破裂音にも似たその音。

それは音速を超えた合図で、例えばムチ等を放ち、強く引いた時に発生する事がある音だ。

平たく言えば衝撃波が発生させる音である。

音速を超えた領域の戦闘——そこで、順平は口元をニヤリと歪ませた。


——見えるっ！


犬がこちらに向かってくる軌道が、馬鹿正直な直線的な動きが——ギリギリだが……見える。

「これが回避率１３９０……っ！」

文字通り、レベルアップボーナスを極振りした結果、彼はただその一点のみならば、眼前の怪物に対抗しうる能力を身につけるに至っていた。

三つの頭の内の一つ。

開かれた大口――頭から丸呑みにせんとばかりに、迫ってくる。

五メートル、三メートル、一メートル、五十センチ。

口内には、サバイバルナイフの刃渡り程はある鋭い歯がビッシリと並んでいる。

生暖かい吐息と、溢れる涎の臭いを感じる距離になったその時、順平は動いた。

闘牛士よろしく、サイドステップでさっと体躯を捻《ひね》らせる。

そして――そのまま巨大犬は直線軌道で通り過ぎて行った。

肩口に走った鋭い痛み。

見ればボロ服が切り裂かれ、数センチ程抉られた肉から、とめどなく血液が流れ出していた。

「一張羅《いっちょうら》だってのに……何してくれてやがんだよ……。まあ、流石にこれくらいのステータスじゃあ、避け続ける事が出来るようには――問屋が卸してくれないみたいだな……」

ともあれ……と順平はギュっと拳を握った。

――いける……これなら……いける！　奴の攻撃を見切る……そのハードルはクリア出来た……っ！　あと……一度だけ致命傷を回避できれば……それで条件は全て整う……！　あとは……アレを俺が出来るかどうか……っ！

一方のケルベロスは驚いた様子だ。

本来であれば、いかなる者であろうが、その速度と犬歯の前には為す術もない。

絶対的強者としての自信もあったのだろう。

そんな自らの突進が……人間の子供に避けられた。

驚愕のあまり、大きく目を見開くも、巨大犬はすぐに足を地面に滑らせ、突進の速度を殺していく。

ズザザザっ……けたたましい爆音と共に、完全にケルベロスは停止し、再度順平へと向き直った。

――彼我の距離はおよそ三十メートル。

挑発するように、順平はケルベロスに向かって手招きを行う。

「さあワン公……かかってこいよっ！　次でお前もお終いだっ！」

そして、順平に向き直っているケルベロスは、大きく息を吸い込み――咆哮《ほうこう》した。

あるいは――それは爆発と形容しても良いレベルの咆哮だった。

腹の底まで響く重低音。空気がビリビリと振動し、皮膚が粟に覆われていく。

そしてその瞬間、今度は順平が目を見開いた。


――体が……動かない。

事実、その場に立ったままの状態で、指一本も動かせない。

パニックになった順平は【鑑定眼】を発動させ、現在の状況を確認する。

理由は……簡単だった。

それは、ケルベロスの持つスキルの影響だ。

【魔獣の咆哮《デッド・ハウリング》】
スキルランク▼▼▼　国宝級
特徴▼▼▼　魔獣の王が放つ魔力を載せた咆哮。鼓膜を通さず、空気振動が脳の恐怖を司る部位に直接的に働きかけ、対象を恐慌状態に陥らせる。神経系統が一時的に麻痺し、文字通り金縛り状態となる。※格下限定。有効に効果が発動するには相当なレベル差が必要。

さて……と順平は思う。

――動けない……これは想定外だ。【全状態異常耐性】も効かないとは――

【魔獣の咆哮《デッド・ハウリング》】が有効に動作している事で、やはり順平が明らかな格下である事を確認し、満足したのかケルベロスは目を細める。

そして――ゆっくりとこちらに向けて歩を進めてきた。

体高四メートル強、体長十メートル。重量は十トンを超えるだろうか——ドスン、ドスン、と重苦しい足音が近づいてくる。

——動け、動け、動けっ……！

手先足先に、順平の脳は指令を送るが、神経系統に混乱が生じており、首から下に電気信号が伝わらない。

一歩、また一歩と、巨大犬が舌なめずりと共に近づいてくる。

残り、十メートル。

——一度だけで良い、ほんの数秒で良いんだ……、動いてくれっ！

残り、五メートル。

——何のために、何のために俺は腐った肉を食ったんだ？ 元は人間の……肉を食ったんだ⁉

ここで棒立ちしてちゃあ……何にもなんねーんだよっ！

残り、三メートル。

巨大犬の頭の内の一つが大きく口を広げた。

それでも、体は微動だにせず、動いてはくれない。

代わりに、心臓が鷲掴みにされるような、あるいは、どこかに向けて無限に落下していくような、そんな衝動が押し寄せてくる。

それは、逃れられぬ死に対しての、諦観にも似た恐怖。

口がパクパクと開閉する。

どうやら、首から上の自由は奪われていないようだ。

ぞわぞわと、全身を覆い尽くしていく恐怖に――順平は思わず声を発した。

「ぁっ……」

残り二メートル先に、死を具現化したモノが迫ってくる。

神話の魔物が迫ってきている。

その時、順平の脳裏に過去の記憶――走馬灯がよぎっていく。

幼少の頃の屈託のない、紀子の笑みを思い出す。子供の頃、いつも紀子と一緒だった事。

小学生の時、苛められていた彼女を助けて、頭を撫でてやった事。

中学校に入ってからは……いつの間にか立場が逆転して……いつもいつも、心配をかけてしまった事。

ケルベロスが更に近づき、残り一メートルとなった。

そこで、順平の記憶の中の、最後の紀子の姿が脳裏に映し出された。

『ねえ知ってる？　優しいって事はね……――悪い意味で、救いようもないという意味で――ただの馬鹿なんだよ？』

ああ、とそこで順平は顔から上だけで小さく頷いた。

「そう。紀子……お前は正しい。優しいってのは……救いようのない馬鹿って事だ。話は非常にシンプルなんだよ。右の頬を殴られたら——左ストレートで殴り返すっ！　ただそれだけだっ！」

そして、続けた。

「そう、俺は必ず……紀子を……木戸を……あいつら全員をっ……肉塊に変えてやるっ！」

【魔獣の咆哮《デッド・ハウリング》】は、恐怖を司る脳の部位に直接的に働きかける事によってその効力を発生させている。

ならば……と、順平は大きく口を開き、舌を全力で突き出した。

——痛みによるショック療法ってのは……どうだ？

ガチンと、舌を挟み込んだまま、思い切り歯を閉じる。

ぶちゃり……と、嫌な感触と共に、血の味が口の中に溢れる。

舌の半ばほどまで千切れかけたような状態で、痛みの余りに、声にならない声を奏でる。

が、しかし、そんな順平の状況などおかまいなしに、ケルベロスの動きは止まらない。

既に、ケルベロスの頭部と順平の距離は、手を伸ばせばそこに届く程となっていた。

そして——順平は咆哮した。

「嗚呼アァあああああああああああああああああああっ！！！」

順平の左ストレートが、ケルベロスの顔面に向かって繰り出された。

【魔獣の咆哮《デッド・ハウリング》】の束縛から順平が逃れた事に、一瞬だけ、ケルベロスは怪訝そうに眉を顰める。

が、すぐに気を取り直したのか、バクンと大口を閉じた。

順平の繰り出した左ストレートは攻撃の体裁すらなしておらず、ただ――左手ごと喰われた。

犬歯が肉を切り裂き、骨が粉砕され、血飛沫が舞う。

左手の肘から先を全て咥えられている格好。

そこで、順平は残った右手で、ボロ服の上着から拳銃を取り出した。

「……へへ、腹減ってんだろ？　良いぜ……腕くらい……くれてやる……味わって食えよ？　ただし、それでチェックメイトだ……」

言葉と共に――彼は拳銃を、ケルベロスにではなく、自らの左手の肩口よりも、やや下にあてがい、引き金を引いた。

パン、パン、パン、パン。

連続して三発――自分の体への零距離射撃だった。

四十一口径マグナムの連続射撃により、彼の左腕は完全に胴体とは分離される。

つまりは――


――左腕が、完全にちぎれた……という事だ。

そのまま、彼は横っ飛びに跳躍し、銀色の粒子に囲まれた領域――安全地帯に倒れ込むようにして入り込む。

何が起きたのかを理解していない巨大犬はしばし固まる。

けれど――餓えていたのか、口内に残った順平の左腕の咀嚼《そしゃく》を始めた。

粉砕された肉片が飛び散り、血の飛沫がケルベロスの頭部から撒き散らされていく。

そして、順平はというと、安全地帯の中でもがき苦しんでいた。

「痛ェ……痛ェ……痛ェよ……」

第一に、左手の欠損。

次に、半ば千切れかけた舌の損傷。

銀の粒子が左手と口に集まり、痛みは緩和されていくが、それでも常人に耐えられる性質のものではない。

順平は、昔読んだ小説で、爪の中に針を挿入されて、そのままいじくりまわされるというクダリを読んだ事がある。

その時は、それを想像して眉を顰めたものだった。

でも、今はそれとは文字通り次元が違う。

順平の受けたダメージ。

それはここが安全地帯で、身体再生等、回復の加護がない場所でなければ……間違いなく死に至る傷。

堪え切れなくなった彼の口から慟哭《どうこく》の叫びが漏れた。

「あああああああああああああああーーーー！！！！」

草の上をのたうちまわりながら、彼は涙を流す。

激痛の余り、意識が何度も飛びそうになるが、その都度、皮肉な事に——やはり痛みによって意識が覚醒される。

そこで、自らの肉を美味そうに喰らうケルベロスの姿が見えた。

そしてその表情が、今頃のうのうと外で生を享受しているだろう紀子や木戸の下卑た笑顔と重なる。

彼の中で、憎悪と殺意が渦巻き、瞬時にそれは加速していく。

いつ終わるとも思えない地獄の苦しみの中、彼は地面を転げながら——ただ、一つの事を思っていた。

——何で俺がこんな目に……こんな目に遭わなくちゃいけねえんだ……！

——ここの迷宮の化け物共も、木戸も、木戸の取り巻きも……そして……紀子もっ……！

——殺す。殺す。殺すっ！

——殺す殺す殺す殺す殺す殺す殺す殺す殺す殺す殺す殺す殺すっ！

——殺す殺す殺す殺す——コロスコロスコロスコロスコロスコロスコロスっ！

順平の殺意の衝動が加速すると共に、左手と口内を覆う銀色の粒子の光が強くなっていく。

左手の出血は完全に止まり、傷口からピンク色の肉が盛り上がる。

まるで爆発でもするかのように、欠損のない状態——有るべき姿に再生されていく。

——一人残らず皆殺しだっ！　そう……一人残らず……肉塊に変えてやるっ……！

それから、数分後。

粘液塗れの、けれど、完全に元に戻った——左腕の掌を開閉させながら、順平はうんと頷いた。

そして、彼の視線の先には地獄の番犬ケルベロス。

安全地帯と外の世界を隔てる空気の膜。

そこから二十メートル先——ケルベロスは遠巻きにこちらを眺めていた。

向こうからすれば、再度の順平の安全地帯からの離脱、つまりは、無謀なる再挑戦を狙って……との事だろう。

が、順平からすれば、完全に傷が塞がった今、最早、その表情に笑みを浮かべる事しか出来ない。

しかも、今現在、目に見える範囲内にいるという事は……作業が始まった際に……探す手間が省けて面倒も少ない。

ニヤリ、と座ったまま笑った順平は、遠くのケルベロスに向けて、余裕綽々《よゆうしゃくしゃく》に呼びかけた。

「おい、ワン公……！」

順平の言葉に、ケルベロスの三つある——全ての頭が怪訝に首を傾げた。

「……いつまでもそこで待っててていいのか、お前？　狩る者と、狩られる者……立場が逆転してる事……気づいてないのか？」

再度、ケルベロスが首を傾げる。

「何しろお前さ……もう……詰んでるんだぞ？」

その言葉の次の瞬間――ケルベロスが小刻みに震え始める。

異変に気付いたケルベロスは、文字通り尻尾を巻いて逃亡の体勢に入った。

が、足に力が入らないらしく、怪しい足取りでふらついた後――ドシィィーンと、巨体の倒れる音が響き渡る。

「ク……クゥーーン……」

弱々しい唸り声。

すぐさま、その頭部の六つある目が全て白目に反転し、泡を吹いて完全に沈黙した。

ようやくか……とばかりに順平は立ち上がり、コキコキと首を鳴らし始めた。

「あの程度の肉の量じゃあ……この巨体には、効果が出るまで結構……時間がかかるようだな」

そして、拳銃を取り出し、ケルベロスの頭部に向けて引き金を引く。

パン、パン、パン、パン、パン、パン。

全弾が、ほぼ同一箇所に命中したが、ケルベロスには一切のダメージの形跡はない。

が……これは織り込み済みだ。

――まあ、そりゃあそうだ。神殺し属性付与の武器がないと……まともに傷はつけられねェって話なんだからな。

それはともかく、今、彼が確かめたかった事は――アレ……つまりは、神経毒の効果がいかほどか……という事。

「よし、予想通り……微動だにしねえな？　神経毒っつーくらいだからな……多分……さっき俺が受けてた【魔獣の咆哮《デッド・ハウリング》】みたいなもんだよな……意識はあるが動けないって奴だ」

ゆっくりと安全地帯の外に歩み出て、ケルベロスの頭部へと向かう。

様子を窺うも、やはり微動だにしないケルベロスを見て、順平は半笑いを浮かべる。

高い位置から見おろしながら、順平は――ケルベロスに向けて、言葉を続けた。

「なあ、ワン公？　さっき……俺が動けなかった時と、完全に立場が逆転だなぁ、オイ？　同じような事をやられて……今、どんな気持ちだ？　なあ、どんな気持ちだ？」

【不死者の肉】
アイテムランク▼▼▼　国宝級
特徴▼▼▼　ノーライフキングの肉。非食用。迷宮の邪神達により発生した強烈な呪詛を人間の死体が帯びたために、発生した魔物がノーライフキングである。当然、その肉は呪詛の塊であり、食した者も特殊な能力を得る事が出来る。具体的に言うと、身体組成が変質し、不死者と同じく、その体液、血液、及び、肉が強烈な神経毒となる。

そして、順平があの時選んだスキルは――【全状態異常耐性】。

そのスキルがあったからこそ、彼は迷わずに不死者の肉を喰らったのだ。

そう。

最初から、順平は――この戦略を受け入れていた。

――文字通り……肉を食らわせ、骨を断つ、その破滅的戦略を。

順平はケルベロスに歩み寄ると、その口の上下を両手で掴んだ。

「重てェな……こりゃ……」

どうにかこうにか、口の開閉には成功する。

そうして、拳銃を右手に把持《はじ》し、喉の奥に向けて発砲した。

発砲、魔力による銃弾の再装填《リロード》。

発砲、魔力による銃弾の再装填《リロード》。

発砲、魔力による銃弾の再装填《リロード》。

同じ作業を十分程――都合、二百発以上撃ちこんだ。

が……ケルベロスの口内は傷ついた形跡もなく、血の一滴も流れてこない。

「……こりゃ、ラチがあかねえな……。どんだけなんだよ……神話級の危険指定って奴は……ってか、そもそも神殺し属性って何なんだよ……ワケわかんねーな……」

そして、順平はアイテムボックスを呼び出して、醜悪な笑みを浮かべた。

「……じゃあ、こんなのはどうだ？」

順平の小脇に抱えられた白い箱から、次々と取り出されていく油壷。

そして——木の枝……否、それよりも遥かに太い……薪。

「なんせここ、外観は洞窟だろ？　まあ、結局……杞憂だったんだがな。ハタから見てれば……どう考えても、内部に光源はない訳だ。で……俺は……生贄に立候補してから、しばらくの間……とにかく、木を伐採した。で、この世界に来てから真面目に働いた結果の……少ない蓄えで油壷を大量に買ったんだよ。食料系は、どうせ保存が利かないから……最低限しか持ってこなかったがな。まあ、とりあえず、松明《たいまつ》でも作ろうと思った訳ね」

詰まれていく、薪、薪、薪。

いつのまにやら、山と表現する方が近いような状態となった。

その数、数千本単位。

既に敵は麻痺で動けない。特に焦る必要もない。

ゆったりとした動作で、山の中から更に薪を取り分ける。

ケルベロスを囲むように、薪の形状を整え、油をかけて着火。

ケルベロスを丸焼きにするべく、周囲にキャンプファイアーを起こした。

もうもうと立ち込める黒煙と火炎。

順平は笑みを浮かべながら、その光景を眺めている。

しかし、十分程度時間が経過するも、ケルベロスの毛皮から微かに焦げた香りが漂ってくるだけで、火傷のダメージの色は窺えない。

「うん、燃えないな……。だが、それは想定内。あるいは、二十時間とか焼き続ければ……殺れるかもしれねえがな。が、麻痺状態がいつまで続くかはわかんねー。で、こっちとしては、できるだけ急がなければならねえ訳だ……」

そして、火にくべられた薪の内の一本を取り出した。

「そう、お前がタフなのは最初から知っている……そこで……だ。更にこういうのはどうだ？」

ケルベロスの口を開き、未着火の、一番長い薪を取り出した。

つっかえ棒のようにその口を開いたまま固定する。

そして。

燃え盛る――半ば程まで火炎に包まれた薪を手に取り、ケルベロスの口に突っ込んだ。

二本、三本、四本、五本、六本、七本。

次々に、ケルベロスの口内に薪が放り込まれていく。

その本数が数ダースを超えたところで、押し込む場所がなくなった。

そこで、順平は先ほどの階層で手に入れた、マンモス・ビートルの角を両手に持ち、押し込むようにして喉の奥に突っ込んだ。

ケルベロスの口内から食道へ、食道から胃へ、薪を押し込んでいく。

そして空いた空間に、更に燃え盛る薪を突っ込む。

「ふぅ……、とりあえず……こんなもんか」

油壷を取り出し――ケルベロスの口内に流し込んでいく。

ボワっと火勢と黒煙が強くなる。

――内臓器官への、直接の焼却。

そこで、頭の一つへの作業が完了した。つまりは……もう、これ以上……薪を突き入れる場所はないという事。

うんと頷いた順平は、ケルベロスの状態を確認する。

つまり、残る頭は二つ……

「まあ、やる事は決まってるわな？」

順平は同様の作業を、残る二つの頭に繰り返した。


――そして、全ての口に薪を突っ込んだ一時間後。

「どんだけタフなんだよお前は……」

口から、もうもうと煙と炎を湧き立たせながら、それでもケルベロスは微かな痙攣を続けている。

痙攣を行えるという事は……神経毒の効果が弱まってきているという事だ。

ケルベロスの瞳の光が弱々しくなっている事から、この攻撃は確かに効果はあるようだ。

だが……それでも、神経毒からケルベロスが脱すれば、順平は一瞬でミンチにされてしまうのは間違いない。

今現在、順平が直面している問題は、神経毒からの回復と、火傷による死亡、そのどちらが早いかだ。

どちらに転ぶか分からない現状、本来であれば、パニック状態に陥ってもおかしくはない。

しかし、順平の表情には一切の焦りは見えなかった。

「三つの頭、その全てに薪は突っ込んだ、これ以上、口に突っ込むところはない……。で、お前を蝕んでいる毒も……徐々に回復している訳だ。で……ワン公よ……提案があるんだよ。確か、もう一つ……お前には穴があるよな?」

そして、順平は燃え盛る薪を手に取り、ケルベロスの周囲を回り込むようにして歩く。

順平の視線の先から……何をするのかを理解したのか——ケルベロスの表情が、目に見えて引き攣った。

火に包まれた薪が指し示すその先は——ケルベロスの肛門。

「いくらなんでも……これで死ぬだろ。死ななかったら流石に困る」

愛玩犬のような瞳で何かを訴えてくるケルベロスに、順平は涼やかに答えた。

「遠慮するなって……薪も油壷もまだまだあるんだ。なんせ……俺の腕を喰ったんだ。好き嫌いは良くねえぞ？　まさか……下のお口で薪は食えねえとかは言わねえよな？」

そして、三十分後。

立ち込める肉の焦げた匂いと共に、ケルベロスは光り輝くカードとなって四散した。

その内の一枚の肉を手に取り……順平は独り言ちた。

「スキルカード……【魔獣の咆哮《デッド・ハウリング》】って……格下相手にしか通用しないような……こんなもん、俺に必要な訳がねーだろ、ボケがっ！」

そして、次のカードを取り出し、少し嬉しげに順平は笑った。

「……やっと哺乳類が来たか……ってか、犬の肉って何味なんだろうな？」

【魔獣の犬歯】
アイテムランク▼▼▼　神話級
特徴▼▼▼　攻撃力２００。ケルベロスの犬歯。オリハルコンと同硬度の素材を持ち、神殺しの属性を持つ。精製すれば、人間界では入手不可能なレベルの武器とする事が出来るが、その素材を扱える鍛冶職人はどこを探しても存在しないだろう。

【魔獣の咆哮《デッド・ハウリング》】

スキルランク▼▼▼　国宝級

特徴▼▼▼　魔獣の王が放つ魔力を載せた咆哮。鼓膜を通さず、空気振動が脳の恐怖を司る部位に直接的に働きかけ、対象を恐慌状態に陥らせる。神経系統が一時的に麻痺し、文字通り金縛り状態となる。※格下限定。有効に効果が作動するには相当なレベル差が必要。

名前 **武田順平**

レベルアップ： **312 → 637**

取得ボーナスポイント： **1625**

ステータス

職　業： **スキル・ハンター**　レベル： **637**

ＨＰ： **30**　ＭＰ： **175**

※回避率の端数を振り分け

攻撃力： **255**（順平の基本値：5）　防御力： **5**

※サブ武器併用時：245

回避率： **3000**

装備

メイン： **魔獣の犬歯**（神話級）

※神殺しの属性付与

サ　ブ： **S&W M57　四十一口径マグナム**（国宝級）

※弾丸の補充は魔力による。強化はなし

スキル

（スキルスロット残９）

◎**鑑定眼（超級）**

◎**全状態異常耐性**

属性

不死者の王

※体組織変性。不死者と同じく、その体液、血液、及び、肉が強烈な神経毒となる

第五章　狭間の村のカテリーナ

ハッハー！　兄弟！　再会できて嬉しいぜ！

ってか今回はお互い……本当にご機嫌で良かったな！

よくもまあ、ケルベロス相手に生き残ったと、お互いの悪運を称えようじゃねえか！

え？　俺がどうやって逃げ延びたって？

実のところ、ケルベロスってのは悪食《あくじき》かつ、食欲旺盛でな。基本、頭は悪くはないんだが、肉がらみになると、どうにも馬鹿犬になっちまうらしい。

で、俺の趣味は美食だったりする訳だ。

簡単に言うと、この迷宮に来る前にアイテムボックス内に仕込んでおいた、最高級の干し肉のストックが結構あったんだよな……

で、それを使って上手い具合にして、ギリギリ次の階層のドアに辿り着けたと、そういう事だ。


——右腕喰われたけどなっ！！！！！


と、いう事で。

今回の階層を紹介するぜ！

——見ての通り、今回はモンスターはいない村だ！　人も住んでいる！

南の端に次の階層への階段があるぜ！

ここの連中と同じく、この村に永住するも良し、次の階層を目指すも良し。

でもな、兄弟。俺は思うんだ。

外の世界と、ここの村……何が違うんだろうってな。

ちょっとばっかし不便で、そんでちょっとばっかし規模が小さいだけだ。

住民の人口が百人もいないんだってな。まあ、そりゃあ、色々と不便かもしれないけどさ。

でも、安全ってのは大事だ
それが確保されているなら、色んな事に目をつぶれるって理屈も分かる。

そんなこんなで、ここに定住したって言う……日和《ひよ》っちまった連中の事も……まあ、分からんでもないな。

っていうか、普通なら日和っちまうかもなー。

ケルベロスという難関を掻《か》い潜ってきた後だったら……余計にな。

ちなみに、俺はここに定住せずに、次の階層を目指す事にした……何故かって？

俺はソロプレイヤーだ。日本にいた頃は無職ニート。すなわち――コミュ障だからに決まってんだろ！　言わせんなよ恥ずかしい！

それじゃあな兄弟！　この階層に定住せず、次を目指すなら……次号もよろしくだぜ！

†

順平の鼻先に、そよ風が青葉の香りを運んでくる。

迷宮内だというのに、青々とした小高い山々に囲まれた丘陵地帯。

遥か高くに見える、ヒカリゴケに覆われた天井から供給される光源。

谷間を流れる、ゆったりとした流れの小川。

そして、遠くに散在する藁ぶきのログハウスに、その周囲を覆い尽くしている――金色の小麦平原。

スイスかどこかの農村地帯を想起させるそんな風景を眺めながら、順平は思った。

——ああ、うん。どうせここは狭間の迷宮だ。既に今まで……鍾乳洞とか広葉樹林とか平原とか、色々あった。だから、充実し過ぎている自然環境については何も言わない。だがしかし……だ。

階層一面を覆う、銀の粒子。

それは今までとは密度が全く異なり、非常に淡く、そして薄い。

光の加減でたまに銀色の光が見える程度のため、意識していないと、目の錯覚だったのではないかと思ってしまう程だ。

ふむ、と順平は顎に手をあてがう。

——ってか、階層全体が安全地帯って……そんなのアリかよ。

まあ、それはさておき、順平は、自分の今の状況を確認する。

それは主に、見た目的な意味でのものだった。

今までは生きる事に必死で、特に気にはしていなかった。

しかしながら、ようやく、本当に安全な場所に辿り着く事が出来たのだ。

衣食足りて礼節を知るという言葉があるが、この場合は、生命の安全が確保され、衣食を知るといったところだろうか。

まず、何となくは気づいていたものの、体重的な意味で、物凄い勢いで痩せている。

身長自体は百六十二センチと以前のままだ。

だがしかし、体重は五十六キロとなっていた。

彼の知るところではないが、それは度重なる大怪我の修復でタンパク質と脂肪が消費された事と、ボーナスポイントを回避力へ極振りした影響だ。

よくよく考えずとも、チビは良いにして、デブなる言葉から素早いというイメージはなかなか湧いてはこない。

カンフー映画などで、動けるデブというのも確かにいるにはいるが、それでもやはり回避という能力に、デブは有利には働かないだろう。

そういった事情で、この迷宮に来てからそれほどの時間が経過した訳ではないものの、いつの間にか順平の肉体改造は終了していたという話だ。

まあ、実際に、彼を構成する肉体自体が、神経毒になったので——まさしく改造人間であり、笑えない事態ではあるのだが。

更に彼は自らの服装をマジマジと見つめ、溜息をついた。

一張羅のボロ服は……文字通りボロボロも良いところだ。

左腕の部分は引きちぎられているし、肩口には切り傷と、ケルベロスの牙がかすった跡。

その他、血液と土、埃で薄汚れているし、悪臭も酷い。

再度の深いため息。

別に、順平は日本にいる時からも、身だしなみには無頓着だ。

とはいえ、何だかんだで、学校の休日に、紀子の用事に無理矢理付き合わされた時などは、それなりに服装には気を使ったのもまた事実。

ズボラではあるけれど、最低限のＴＰＯはわきまえている、まあ、そんな感じの性格なのだ。

そして、その彼が何故に身だしなみに急に思いが至ったのか。

答えは簡単だ。

眼前に、えらい美人さんがいたからである。

「はは、君は凄い格好だな！　で……見知らぬ君がここに居るという事は……君は下の階層から……上がってきた訳だなっ！」

肩に届かない程度の亜麻色の髪から、ボーイッシュな印象を受ける。

茶系統でまとめられたチュニックの重ね着、年齢は順平と同じく十代後半。

細身だが、胸はかなり大きい。

やや太めの勝気な眉毛が印象的な、どちらかといえば凛々しいという言葉が似合う、美形の女性だった。

吸い込まれそうなディープブルーの瞳に、微笑を湛《たた》えたまま、彼女は腕組みの姿勢で順平の眼前に仁王立ちを決めている。

「……お前は？」

「私はカテリーナ！　狭間の村の住人だ！　この階層で生まれ、この階層で育った」

「……狭間の村？」

「元々は、下の階層から上がってきた冒険者がこの集落の開祖だと言われている。そして繁殖の結果、生き残っているのが私達だ」

やや、引き気味の表情を順平が作った。

「繁殖……生々しい表現だが、まあ理解しよう……。それで？」

「そういう事で、お願いがあるんだ」

「お願い？」

うんと頷き、カテリーナは満面の笑みを浮かべた。

「君の種が欲しいんだ！」

「……ハァ？」

しばしの、沈黙。

順平としてはこの発言をどう理解していいのかすら分からない。

「お前……種ってどういう事だ？」

「君も分からない男だな、それとも分からない振りをしているのか……良し、それでは……はっきり言った方がいいという事なのかな？」

「いや、分からないって言われても……で、はっきり言うって……何なんだよ？」

「精子が欲しいんだよ」

そのまま、順平は回れ右をすると、女を無視して歩き始めた。

「最近ちゃんと寝てなかったからな……幻覚が見える程に病んでいるとは……ってか、俺ってこんな意味不明な幻覚を見る程に……そんなに欲求が溜まってたのか？」

順平は次の階層へ向け、オッサンの手記に指示されていた階段を目指し始めた。

「待てっ！　待てっ！　待て待て待て待てっ！　いるから！　私はちゃんといるからっ！　ここにいるからっ！」

頭を抱えながら順平は女に向き直る。

「いや、初対面で精子欲しいとか頭膿《う》んでのかお前っ⁉」

「よし、何とか踏みとどまったようだな！　しかし、確かにいきなり精子とは、私にも非礼があったようだ。初対面でその言葉は適切ではない……そうだ、それでは言い換えてみようか？」

「言い換える？」

「私は……君と……」

「俺と……？」

「セックスがしたいっ！」

ふうと、順平は深い溜息をついた。

「やはりこれは幻覚のようだ。最近ちゃんと寝てなかったからな……」

順平は、再度回れ右をすると、次の階層へ向け、階段を目指し始めた。

「待てっ！　待てっ！　待て待て待て待てっ！　いるから！　私はちゃんといるからっ！　ここに

いるからっ！」

順平の肩を掴み、カテリーナと名乗った女は神妙な顔つきを作った。

「私……いや、私達には種が必要なのだよ。きちんと話を聞いてほしい。あと、私の名前はカテリーナだっ！　お前とは呼ぶなっ！」

順平は片眉を吊り上げながら女に応じた。

「私達……ね。ちょっとしたワケ有りってところみたいだな」

「そう、私が君の種を求める、それにはちゃんとした理由はあるのだよ」


森の中、背の高い草に囲まれた薄暗い空間。

カテリーナがその場に座るように手で促すと、お互いにあぐらをかいて向き合った。

「つまりだな。私の村の開祖はそもそもが七名なんだ……。で、現在、五十名の村民がいる訳だ。そうして、世代を重ねるごとに……必然的に近親婚が繰り返された」

神妙な顔つきのまま、突如カテリーナは立ち上がると、向かいに座る順平を押し倒した。

ふわり、と彼女の髪から甘い香りが漂い、順平の鼻をくすぐる。

「……なるほど。近親婚……か」

特に抵抗をしない順平に満足げに頷き、カテリーナの掌が妖艶に動く。

服の布越しに——股間の一部分に触れるか触れないかの形で、爪先が、ツッと線を引いていく。

「この村の開祖の内の一人の言葉だが……。劣性遺伝子の関係で……血が濃くなりすぎると……先天的に病気や障害を背負って生まれてくる可能性が高くなるという話は——聞いた事があるか？」

「まあ、これでも……ある程度、科学の進んだ世界から来ている自負はあるからな。何を言っているかは理解できる」

「つまり、君の種が欲しいんだ！　下の階層から上がってくる冒険者は宝だ！　この村の女全員に……とは言わない！　私と、あと……もう一人くらいに種をつけてもらえれば十分だ！　とにかく……種を……種を私にくれっ！」

そこで、順平の拳骨がカテリーナの頭にヒットした。

「オーケー分かった。とりあえず、股間まさぐるのは止めよう、な？」

ゴツンと鈍い音。

涙目になりながら、カテリーナはアヒル口を作った。

「だから私は……種が欲しいんだ……」

ふむ……と周囲を見渡しながら、順平は呆れ顔を浮かべる。

ちょっぴりエッチなラブコメよろしく、寸劇を繰り広げていたところではあるけれど、正直な話、周囲はかなりキナ臭い空気に包まれているのだ。

「で、何で武装した連中に俺は囲まれてるんだ？　服装を見る限り、こいつらはお前のお仲間さんなんだろ？」

カテリーナと順平を囲むようにして、人間が木陰に散在していた。

カテリーナと似たような文明水準の服装――狭間の村の住民と思《おぼ》しき男女が、およそ十人以上はいるだろうか。

順平の言葉通り、それぞれが弓や槍で武装している。

順平の怪訝そうな表情に、カッカとカテリーナは屈託なく笑った。

「私達は狩りの最中だったのだよ。その途中で幸運な事に君を発見した。食料も大事だが、種はもっと大事なものだからな。そして一番美人な私が君との性交渉に赴いたと、そういう事だ」

「自分で美人って言っちゃう系か……ってか、性交渉って……もうちょっと言葉を選べよ。本当にことごとく残念な女だなお前は」

「とりあえず、君はすぐに次の階層に向かうのか？　可能であればしばらく私達の村に滞在してもらいたい。種の提供についても、その際に考えてもらえれば良い」

右手を差し出し、カテリーナはニコリと笑った。

少しだけ考えて順平は首肯した。

「条件が折り合えばでいいんだが、迷宮探索に必要な物資を分けてもらえれば助かる」

言葉と共に、順平はカテリーナの手を右手で握り返した。

「今すぐ村に向かいたいのはやまやまなんだが……」

眉をへの字に曲げたカテリーナに、苦笑しながら順平は応じる。

「狩りの途中だったんだろ？　別に構わないぜ、最終的に村に帰るって話なら俺も同行しよう」


時間にして二時間程度。

森林を縫うようにして歩き、その場所に辿り着いた。

シン――とした雰囲気で、誰一人として言葉を発しない。

森の鳥のさえずり、風のざわめき、そして人間の息遣いだけが場を支配していた。

十人を超える武装した男女が、まるで何かを待ち望んでいるかのように……一点を眺めている。

そう、順平も含めて、全員が注目する先は同じだ。

樹木の開けたその場所には、淡く輝く幾何学紋様が描かれていた。

それはつまり、半径十メートル程度の魔法陣。

順平は隣で息を潜めているカテリーナに小声で問いかける。

「で……カテリーナよ……何で俺等は草むらで、何かが現れるのをずっと待っているんだ？」

「この階層には迷宮特有の凶悪なモンスターは出ないのだ」

「まあ、安全地帯だからな。下の階層にいたケルベロスみたいなのが我が物顔で歩いていたら、そもそも……定住できないだろうさ」

「しかし、普通の魔物ならば稀に出現する。さっきも狩猟だと説明はしただろう？」

そこで、順平は一瞬固まった。

「いや、狩猟だとは聞いたけど……普通の動物だと思ってた……魔物退治だとは聞いてないぞ？」

「普通の動物など、この階層にはいない。しかし、時折、次元の狭間に迷い込んだ魔物が現れる事がある……だから、肉を摂取するには時折現れる魔物を狩るしかないのだ。そして、あの転移魔法陣にマナが溜まりきるのが……丁度——今という事だ。見てみろ」

カテリーナの言葉と共に、魔法陣の中から身長百三十センチ程度の小柄な鬼——俗に言うゴブリンが七体程現れた。

ゴブリンは、一般的なRPGでは雑魚中の雑魚と定義されている。

今現れたのもご多分に漏れず、見た目からして人間の小学生と大して変わらない。

まあ、さすがに筋肉質であり、口を開けば凶悪そうな牙も見えるのだが……それはともかく。

魔物が現れたと同時に、四方八方から矢が嵐のように飛んでいた。

矢が駆ける風切り音の後に、ドスドスドスドスと鈍い音。

一匹、また一匹とゴブリン達が倒れていく。

ゴブリン達の全員が倒れ、地面を痙攣するただの物体に成り下がったと見るや、弓を槍に持ち替えた連中が突貫する。

ミンチ肉を作るかのごとく——滅多刺しだった。

血飛沫と肉片が飛び散り、臓物が盛大に撒き散らされる。

全ての遺体が原型を留めなくなると、そこかしこから歓声が上がった。

カテリーナも満足げに頷いて口を開いた。

「先手必勝というところだな」

「……お前等……何ていうか……容赦ねえな……」

と、そこで再度、魔法陣が光り輝き始めた。

それを合図に、槍を持った男女達はその場から駆け出し、再度樹木の陰に隠れた。

雷のような発光現象と共に、バチバチと空気が震えていく。

そして、眩い光の発生の後——そこには巨大な鬼がいた。

身長三メートル超の赤黒い肌。その腕は成人女性のウェストほどはある筋骨逞しいものだ。

上半身裸に腰ミノ……更に、角。

つまるところは——鬼《オーガ》である。

その姿を見て、少し嫌な予感がした順平は【鑑定眼】を作動させた。

【オーガ】
危険指定▼▼▼　D
特徴▼▼▼　鬼型のモンスターの代名詞であり、人界近くに現れる魔物としては危険度は高い。そのため、ギルドの討伐依頼の発注ランキングで五指に入る。大質量の筋肉から繰り出される一撃。そしてその巨躯が誇るタフネスは、駆け出し冒険者のパーティーからすれば恐怖の的だろう。逆にこの魔物を危なげなく狩る事が出来るようになれば……あるいはギルドの受付嬢にも一人前扱いしてもらえるかもしれない。


先ほどと同じように、遠巻きからオーガに向かって弓の斉射《せいしゃ》が行われる。

が、先ほどで矢のストックをかなり使ってしまったらしく、すぐにその射撃は終了を迎えた。

体全体に突き刺さった十本ほどの矢を引き抜きながら、オーガはニタリと笑うと共に、一番近場にいた男に向かって走り始めた。

悲鳴と共に男は逃げるも、ガタイと筋力……つまりはスピードが違った。

すぐに捕まり、肩口を捕まれる。

「おい、カテリーナ……大丈夫なのか？　あの魔物は見たところ……」

順平の言葉が終わらぬうちに、オーガに捕まれた男の肩口は、握りつぶされた。

パキョッと冗談のような音と共に、粉砕された骨が皮膚を突き破る。男の肩に盛大に血の華が咲いた。

「おい、本当に大丈夫なのか？」

順平の言葉に、涼しげな表情でカテリーナは応じた。

「あの傷……治るか治らないかという事なら……大丈夫だ」

「治るから大丈夫って……これは……そういう問題じゃなくてだな……」

「色素が薄いとはいえ、ここは安全地帯だ！　腕の一本や二本、たとえ切り落とされたとしても……二週間もあれば元通りになるっ！」

「いや、だからそういう問題じゃなくて……治る治らない以前に……死にそうだぞ……あの人……」

順平の言葉通り、男の顔面を掴んで、オーガはご満悦そうに笑っていた。

オーガがその気になって掌を握りしめれば――潰れたスイカのように男の頭部がオシャカになる事は想像に難《かた》くない。

「そう、婿殿よ……死なければ治る。つまりは……死なせなければ良いのだ」

「いや、婿殿って……どうしたんだよ急に……？」

呆れ顔でそう順平が言った時、カテリーナはオーガに向かって石を放り投げた。

こちらにオーガの興味が完全に移ったようだ。

証拠に、頭を掴まれていた男はその場に放り投げられた。

と、いう事で……と、カテリーナは順平を見据えて、悪戯っぽく笑った。

「……どうする？　婿殿？」

そこで、順平は首を左右に振り、諦めたかのように微かに笑った。

「……ったく。ただの馬鹿かと思いきや……いつのまにやら……乗せられていたのは……俺の方だったらしいな」

「どうせ……種をもらうならば、強い種が良いのだ……下の階層から上がってきたという……力を見せてくれ」

はぁ……と深いため息。

「まあ、木戸達を殺るにしても……外の世界で一般的な魔物の力ってのは……知っといた方が良いな」

そして、続けた。

「今の俺が、普通に戦って……どんなモンなのかってのも……まあ、確かに気になる」

それだけ言うと、順平は懐から拳銃を取り出した。


結論から言うと、順平の圧勝だった。

良く良く考えずとも、先ほどの階層で、ケルベロスの音速に対応できたのだ。

そんな順平に、通常のモンスターの攻撃など当たるはずもない。

顛末《てんまつ》は次の通りである。

まずオーガの猛攻を何度か避ける。

そしてケルベロスの犬歯でオーガの手首と首の大きな血管を傷つける。

相手が倒れたところで——四十一口径マグナムで、脳味噌ごとズドンと、まあ、そういった次第だった。

最初からマグナムを使って、間合いを詰める前に頭部を破壊するという選択肢が最もスマートだったのは間違いない。

が、はっきり言ってしまうと、順平からすれば今回の戦闘はただの確認だったのだ。

——木戸を、そしてその取り巻き達を……現時点で肉塊に出来るか否か。

結果は、イエスだ。

危険指定Dランクの魔物のソロプレイでの討伐と言えば、一人前の冒険者の証でもある。

木戸でも恐らくは……一人で狩るには骨が折れる相手のはず。

が、回避力が人外のレベルに達している順平から見ると、その動きは、その攻撃は……カタツムリの行進と幾らも変わらぬものだった。

それはともかく。

討伐した魔物は、順平によるオーガが一体。

そして、この階層の住人達が狩った——ゴブリンが七体。

その全ての死骸が辺りに野ざらしになっていると……そういう状況だ。

以前、神の説明にあったとおり、この世界のルールは地球とはかなり異なっている。

動植物等が命を失った際、時間が経過すればその質量を構成していた物質は光に還元され、大気を満たすマナに還元される。

それが故に、食肉等は地球とは異なる意味での解体という作業を経てアイテムカードへと変換される訳だ。

そして、彼らがモンスターを狩っていた目的は、食肉を得るための狩猟である訳だ。

「カテリーナ！　こっちを頼む！」

そんな声がそこかしこからカテリーナに浴びせられる。

そうして、彼女はゴブリンの死体に手を触れて、次々と、その死体をドロップアイテムのカードへと変換させていく。

「スキル【解体《ブッチャー》】を行使する」

実際、順平もやっている事ではあるけれど、その光景には……やはり、違和感が生じるものだ。

解体と言えば、皮を剥《は》ぎ、血を抜き、肉を部位ごとに分けて……と、そういう生々しい作業のはずで。

が……と順平は思い直す。

何より、自分自身がやってきた事で……違和感を覚えようが、それはやはり、この世界での解体のルールがそういう風になっているという事で、認めなくてはならないものでもあるのだ。

と、そんなこんなで。

数分後には、全ての魔物がカテリーナの手によってドロップアイテムカードに変わり……いや、正確に言うと、その全てが肉のドロップアイテムカードへと変換された。

「……おい、カテリーナ……全部……肉？　しかも一体について複数ドロップ……都合……三十五の肉のカードだと……？　今まで、俺は魔物を何匹も倒したけど、肉のドロップ率はせいぜい三割程度で……」

ああ、その事か、とカテリーナは軽く笑った。

「解体のスキルだよ。前口上を聞いていなかったのか？」

「……スキル？」

「そう。スキル【解体《ブッチャー》】、その――超級だ」

「超級って……確か……デタラメなレベルでの熟練度って事だろ？」

順平の質問に、憂鬱気にカテリーナは応じた。

「この階層は穀物の農業が盛んだ。が……動物性、あるいは植物性を問わずに、タンパク質の供給源がほとんどないのだ」

「タンパク質の供給源がないって……それで人間が生きていく事なんて……」

「そう、だからこその……超級だ。正確に言うと、この階層の住人は、生きるためにこのスキルをそこまでの次元に磨き上げる必要があったのだ」

「……？」

「超級になれば……ドロップアイテムを……狙って出せるのだよ。しかも、通常の数倍の採取も可能だ。例えばタンパク源以外のもの……そうだな、肉ではなく、ゴブリンの毛皮がドロップアイテムで手に入れれば目も当てられないのだ」

そして、続けた。

「私は……幼少の頃からこのスキルのみを磨かされた。それが私の存在意義であり、それさえ出来れば良いという訳だ。この階層のタンパク源は魔物程度しかない訳だが……実際に魔物が湧く事は非常に稀なのだ。そう、このスキルの所有者がいなければ、階層の住民は、栄養素の不足から、遠からず全滅という訳だな」

それはともかく、とカテリーナは順平にキラキラとした眼差しを向けた。

「オーガを一蹴とは……あの尋常ではないスピード……流石は私の婿殿だ」

「だから、何で婿って事になってんだよ」

無理矢理に右腕をカテリーナの両腕に抱え込まれ、腕組みの格好となる。

「照れる事はない……どうせ、今夜には君は私の絶技の虜《とりこ》だ」

「ずっと言い続けている事だが、もうちょっとオブラートに包めないのかお前は？　恥じらいとか、そういうのは大事だと思うぞ」

ふふん、とカテリーナは断言した。

「直球勝負こそが至高だっ！　回りくどい駆け引きなど……私には出来んっ！」

「……まあ、お前は……そうだろうな」

そこで、順平は観念したかのように屈託のない笑みを浮かべた。

――よくよく考えてみずとも、日本にいる時も、あるいはこの世界に来てからも――自分にはロクな事はなかった。

誰かに必要とされた事もなかったし、そうなる時が来るとは夢にも思っていなかった。

確かに、遺伝学的に色々不味いので、順平の遺伝子が欲しいと、そういう……どうしようもない理由ではあるけれど。

でも、それでも。

――誰かに好かれるってのは悪くないな……。いや、そう思えるのは……あるいは、ここまでストレートに……俺が必要だと……言ってくれたから……なのか？

そんな事を思いつつ、まんざらでもない様子で順平は口元をゆるませた。

そこで、今まで遠巻きにしていた十名ほどの男女が順平に近寄ってきた。

年齢は十代後半～二十代前半。

興味深々という風に、彼らの内の一人が順平に語り掛けてきた。

「さっきの動き……本当に凄いですね？　回避率の数値はどれくらいなんですか……？」

「ああ、３０００だな」

そこで、一同に戦慄が走った。

「3000っ⁉　何をどうやったらそんな数値にっ⁉」

「まあ……レベルが600超えてるからな……」

「600超えっ⁉　そんなレベル……有りえるんですか？」

そこで、彼らの中の一番の年長者と思われる髭面の男が声を上げた。

「以前に、ここに来たという冒険者もレベルが500を超えていたらしい。やはり、下の階層は……開祖の伝承のとおりに……地獄なんだろう」

その地獄を乗り越えてきたという順平に、一同は感心したかのように、尊敬の眼差しを向けた。

「やっぱり凄いですね……下の階層からの冒険者の方は……カテリーナもこんな人の種を授けてもらえるなんて……強い遺伝子はこの階層に住む住人全ての宝なんです」

「いや、だから俺は……」

気のない素振りを順平がしたところで、一同に悲壮と落胆が走る。

そこで、カテリーナが悲しげにまつ毛を伏せた。

「なあ……私は君にとって……そこまで……魅力がないものなのか？」

こちらを見上げたつぶらな瞳にはうっすらと涙が滲んでいた。

そこで、順平は思った。

——まあ……とりあえず、少しだけ……この場所に滞在するってのも悪くないのかもしれないな。

と、そこでカテリーナが順平に尋ねてきた。

「ところで、君の具体的なステータスはどうなっているんだ？　回避力が３０００というのは聞いたが……」

「ああ、それな……口で説明するよりもこれを見せたほうが早いな」

懐からステータスプレートを取り出した順平は、カテリーナにプレートを手渡した。

「……これはまた……歪《いびつ》なステータスだな」

【武田順平】
レベル▼▼　６３７
ＨＰ　▼▼　３０
ＭＰ　▼▼　１７５
攻撃力▼▼　２５５（基本値５）
防御力▼▼　５
回避率▼▼　３０００

眉をへの字に曲げた彼女に、順平は苦笑しながら応じる。

「逆に、ここまでしないと……どうにもならなかったんだよ」

「時に……尋ねたいのだが」

「何だ？」

「攻撃力の基本値が5とあるが……つまりは、元々の君の筋力は……ひょっとすると……」

ああ、と順平は頷いた。

「普通に、そこらの兄ちゃんよりも遥かに弱いよ」

なるほど、とカテリーナは頷き、順平の両手首を、両掌で思い切り掴んだ。

「私の基本攻撃力は８０程ある。君は……純粋な力比べでは……つまりは、今のこの状況を脱する事が出来ないという事で間違いないな？」

怪訝な表情を浮かべる順平。

「ちょっと……痛いって……何……思いっきり握り込んでんだよ……」

カテリーナの口元が一気に吊り上がる。

「今までの例に習い……晩餐の時に、一服盛ろうかと考えていたんだが、その必要もないようだな」

その時、順平は後頭部にドスンと衝撃を感じた。

脳が頭蓋の中でプリンのようにシェイクされる。

気が付けば天地が逆転し、明暗も反転する。

薄れゆく景色の中、順平は何とか背後を振り返る事に成功した。

そして、見た。

ブラックジャック（袋に砂鉄やコインを詰めた鈍器）を手に持つ――先ほどまで柔和な笑みと共に自分に語り掛けていた男を。

まさかと思い、順平は意識が完全に落ちる前に【鑑定眼】を発動させた。

――【鑑定眼】は人間相手には発動はしない。

それは、狭間の迷宮に来る前の、外の生活で分かっていた事だったが……

結論から言うと、【鑑定眼】は――彼等に対してきちんと発動した。

それはつまり、人間としてのカテゴリーには、彼らは分類されていないという事だ。

鑑定スキルの結果、脳裏に映し出された文面を読む。

――養殖……か。ああ、こりゃあ……ロクでもねえ事になりそうだな……

そこまで理解したところで、順平の意識は完全にまどろみの中に消えた。

【狭間の村の住民】
特徴▼▼▼ 冒険者達が、迷宮内に定住した事により集落が発生。始祖の数名から繁殖した者達である。劣性遺伝を避けるために、あらゆる手段を使って新規の遺伝子（冒険者）の取り込みを行う。遺伝学上は紛れもない人間種だが、その性質は人間というよりはモンスターに近い。通常の人間とは異なるルールと道徳で動いている、蛮族の類いである。入手する機会のほとんどない、動物性タンパク質を欠片も無駄にする事のないように、【解体《ブッチャー》】の技術を極限まで磨き上げた部族でもある。タンパク質の供給が限りなく少ないという特殊な環境下に育ってきたため、共食いと養殖の習性がある。


気が付けば――順平はカビ臭く、薄暗い部屋の中にいた。

広さは十メートル四方程で、出入り口の階段には鉄格子の扉。

まさしく地下牢と表現するのが一番しっくりくる格好の部屋だ。

が、その部屋の隅には、地下牢にふさわしくない形状の器具が置かれている。

ダブルサイズのベッド程の大きさで、拘束具付きの手術台という形容が一番近い。

微かに漂う腐臭と死臭。

恐らくは入念に洗浄されたであろう金属質の台の表面だったが、長年の間に染みこんだ臭気の全てをぬぐいさるというのは難しかったのかもしれない。

そんな部屋で順平は、両手両足を革製のベルトで括り付けられていた。

「……ここは？」

順平の問いかけに、彼を見下ろしながらカテリーナが応じた。

「工場だよ」

「……工場？」

「ああ、そのとおり。養殖肉の……加工工場だ」

深い、そして不快の溜息。状況は考えうる限りで最悪の事態だ。

嫌な予感を通り越して、半ば諦めと共に、冷や汗混じりに順平は尋ねた。

「養殖……だと？」

コクリとカテリーナは頷いた。

「この階層の食糧事情……穀物は……足りているのだ。ビタミンもミネラルも……足りているのだ」

ただ、と彼女は付け加えた。

「長期間……ここで生活を行うには……私達には……タンパク質が絶望的に足りていないのだよ。豆類もないし、昆虫や動物もいない。あるのは……たまに涌き出る魔物の肉程度だが……それでは絶望的に量が足りないのだ」

「いや……でも……養殖って……どういう事だ？　人間を繁殖させて喰うって事なのか？」

「いいや、違う。一からそれをやるには効率が悪すぎるのだ」

「じゃあ、養殖って……どうやって……？」

「ここが安全地帯である。それ以上に説明が必要だとは私には思えないのだが？」

そこで、順平ははっと息を呑んだ。

事実、それを順平は自らの体で体験しているし、つい先ほど、カテリーナ自身も言っていた事だ。

『色素が薄いとはいえ、ここは安全地帯だ！　腕の一本や二本、たとえ切り落とされたとしても……しばらくすれば元通りになるっ！』と。

そして、養殖という言葉。

認めたくはないけれど、どうしても確認せずにはいられない。

「まさかとは思うが……四肢欠損からの……再生を繰り返して……食肉を得るのか？」

「安全地帯での回復。それに必要なものはカロリーだけだ……。つまり、穀物による余剰カロリーだけで――肉の生産は可能という事だ。私達の開祖は、そう結論を付けたのだ」

「……しかし、それで……良いのか？」

「そうやって、私達は生きてきたし、それ以外の生き方を知らない」

「けど……さ」

そこで、カテリーナは遠い目で天井を見上げた。

「はっきり言おう。恐らく、君の命は持って二～三年だ。肉体ではなく……精神が先にダメになる」

「……どういう事だ？」

「これから行われる事は、なんとなく分かると思う」

カテリーナはそこまで言って自嘲気味に笑った。そして首を左右に振る。

「いや、説明から逃げる事は良くない……な。具体的に説明しよう。一定のペースで、君は四肢を失い続けるんだ。そして精神を少しずつ擦り減らしていく」

「そりゃあ……壊れちまうかもな。でも……俺が死んだら……いや、俺がここに来る前は、肉の安定供給は……どうしてたんだ？」

「冒険者がいる時は冒険者を使う。そして……冒険者がいない時は身内を使うんだ。つい、この間まで……この工場で生産を請け負っていたのは……私の弟だった」

そこで、ぱん、とカテリーナは掌を叩いた。

「ルールは簡単だ。君は監禁される。そして、定期的に精子を採取される。最後に……定期的に四肢が切断される」

黙りこくった順平に、更にカテリーナは続けた。

「無茶苦茶を言っているのはこちらも……知っている。だが……このルール以外においては、私達は君に……最上位の礼儀をもって接する事を約束する」

深いため息と共に、カテリーナの瞳に、微かな涙が浮かんだ。

「すまない。この村を……救ってくれ。他に方法は――ないのだ」

そのまま、カテリーナは刃渡り一メートルはある鉈《なた》を取り出した。

そして大きく振りかぶり、動けぬ順平の右足の付け根に向けて振り下ろした。

「……すまない」

ヒュッと風切り音。

続いて、ズシャリ、と鈍い音。

そして、獣の咆哮にも似た、声にならない順平の絶叫。

痛みを通り越して、むしろ熱いという以外に形容が出来ない。

噴水のように血飛沫が舞うが、それでも一撃で胴体から右足を分断する事は叶わなかったらしい。

絶叫の後、最早声すらも出せずに、涙交じりにヒュー、ヒューと、肩で息をする順平に向けて、カテリーナは申し訳なさそうに口を開いた。

「……すまない。次の一撃で必ず分断する」

言葉と同時、再度、大鉈が振り落とされた。

鉈を構成する金属と、ベッドを構成する金属同士が接触した甲高い音と共に、順平の四肢の内の一つが失われた。

「あ……嗚呼ァあああああああああああっ！」

発狂したかと思われるような絶叫を順平が上げている間、すぐさまカテリーナは順平の足の付け根に手をあてがう。

まずは、布の圧迫による直接止血。紐を固く足に巻き付けて止血を行う。

次々とカテリーナから手当てが施される。

それに併せて、順平の左足は銀色の粒子に包まれていく。

人による応急手当と、安全地帯による回復の合わせ技。

痛みがどんどん薄らいでいく事から、順平は苦笑した。

——確かに、これじゃあ……そう簡単に死なせてもらえないだろうな。

そうして時は流れ——一時間しない内に完全に出血は止まった。

痛みと失血が一段落した事から、カテリーナが手に持つ、先ほどまで自分の左足だったモノに視線を移した。

「で……喰うんだよな、それ？」

「今日は君の来訪を祝う宴だ。君の肉は……一片たりとも無駄にはされず、今日、ここのみんなの食卓にあがる事になる……」

何かを言おうとして、そして順平は首を左右に振った。

「ん、どうした？」

「いや、何でもねえよ。で、一つ確認しときたいんだが……」

「何だ？　私に分かる範囲であれば何でも答えよう」

「……出入り口の鉄格子の扉、あれには鍵はかけないんだな？」

「ああ。とりあえず、君の足が生《は》えるまで、それまでは拘束なしで様子を見ようと思う」

そして、順平は上半身を起こし、両手を揺らしながら尋ねた。

「治療中に拘束は外された訳だが……俺を……縛りなおさなくても……良いのか？」

「先ほど伝えたはずだ。最上位の礼儀をもって接すると。だから無駄な束縛や拘束はしない。そもそも、階段を上がるとそこは私達の居住スペースへとつながっている……脱走を企てたところで、その足では逃げきれるものでもない」

なるほど、と順平は苦笑いを浮かべる。

「それに……だな。君に対する拘束をゆるめているのは……それは、最上位の礼儀とか、それだけの話でもないのだ」

「っつーと？」

軽く頬を染めて、カテリーナは笑った。

「私は……女だ。そして、肉だけではなく、君の種が必要な事も事実なんだ。既に私達の関係は修復が難しいまでに歪んでいるかもしれないが、それでも、できれば……無理矢理ではなく……私は君と少しでも真っ当な関係を築きたいと思っている」

そこで、順平は意識が遠のきそうになった。

カテリーナは、この期に及んで真っ当な恋愛関係を築きたいと、真顔でそう言ったのだ。

今しがた、四肢の内の一本を、喰うために切り取った男に向けて、頬を赤らめて……そう言ったのだ。

そう、これがこの村での常識であり、恐らくはこの方法で本当に生殖も行われてきたのだろう。

これが――ここでの当たり前の共通認識なのだと、順平は理解し、吐き気を催した。

――完全に……頭が逝っちまってやがるな……まともじゃねえ……

とは言え、と順平は思う。

日本や、あるいは迷宮の外の世界での倫理観では異常なのかもしれないけれど、この階層に生まれ育った彼女達からすれば……一連の流れは全て仕方ない事である。

そして、仕方のない事と割り切りながらも、少なくとも、一連の流れを彼女達は良い事だとは思っていない。

全てを諦め、全てを受け入れ、そしてその上で最善を尽くそうとしている――そういう風にも考える事が出来るのだ。

そこまで考えて、順平は再度、何かを言うために、いや、忠告するためにカテリーナに視線を移した。

が、順平が話し出す前に、カテリーナが先に口を開いた。

「そろそろ、私は階上に戻る。皆が肉を待ちわびているはずだ」

彼女は順平の、切断した左足を肩に抱えるようにして、持ち上げた。

「……」

「それでは、今晩……宴の後に……会いに来る。今日が初夜だ」

肩をすくめながら、吐き捨てるように順平は呟いた。

「ロマンチック感も、クソもねーな……これほどまでに、初夜っていう単語が似つかわしくないシチュエーションも珍しいもんだ」

「ふっ……何とでも言うがいい」

彼女が踵《きびす》を返したところで、やはり……と順平は忠告を行うために、呼び止めようとした。

が、しかし、彼は聞いてしまったのだ。

彼女が順平の左足だったモノをさすりながら、呟いた言葉を。

「…………いただきます」と。

だから結局、順平は彼女に言葉を投げかける事を止めた。


そして翌日。

即席で作成した松葉杖で階段を上った順平は、呆《ほう》けた表情で呟いた。

「……まあ……そりゃあ……そうなるわな」

そこは三十畳程のスペースの広間だった。内装を見るに、主な用途は食堂という事らしい。

先日のカテリーナの言葉通り、集落の共同生活におけるメインスペースといったところだろうか。

深いため息と共に、順平は周囲を見渡した。

食堂に幾つか置かれている長机には、シチューと思わしき料理が取り分けられていた。

見た目はビーフシチューと変わらないが、今回の場合は……

それはともかく、冷え切ったシチューがそれぞれの皿に残っており、その全てに口がつけられていた。

そう、彼らは人肉シチューを食べたのだ。

結果、ある者はテーブルに突っ伏し、ある者は床に転げ、倒れていた。

その数――五十名超。

全ては吐瀉物《としゃぶつ》に塗《まみ》れ、あるいは血を吐きだしていた。

歩きながら、絶賛死後硬直中の彼らを確認していく。と、順平はとある人物の前で立ち止まった。

そう、ほとんどの者は物言わぬ死体と成り果てていたが、その中に一人、未だに神経毒からの――痙攣を続けている女の姿があったのだ。

カテリーナは決死の形相で顔を順平に向けると、血の泡と共に口を開く。

「……何故、何が……何が起きてこんな事に……？」

「すまねえな、カテリーナ。俺の肉は……毒物なんだよ」

既に予想していた事なのか、特に疑問に思った様子もなく、カテリーナは首を左右に振った。

「……なるほど。下の階層から上がってきた者だからな……私達には理解できない特性があっても不思議ではない……か」

周囲を再度見渡し、順平は苦虫を噛み潰したような表情を浮かべた。

「まあ、これは自業自得っつーのかな。恨まれてもお門が違うぜ？」

「……自業自得？　それは心外だな。その発言には訂正を願いたい」

「心外？」

「……私達は……生きるためにこれをやっている。自業自得と言われると、私達に非がある事になる。でもこれは……非難を受けるべき性質のものでは……」

ああ、と順平は頷いた。

「そう、お前等は悪くない。けれど、自業自得なんだよ」

「……？」

「この階層の自然条件がどうなっているかは知らないが、お前等の選択は間違いじゃあねえんだろう。そこを責める気はねーよ」

「……？」

「話は非常にシンプルで……お前は俺に嵌められたって事だ」

「嵌められた……？」

「最初はお前が俺を嵌めて、その後に俺がお前を嵌めた。まあ、俺のやった事は、喰った後の結果を……知ってて黙ってただけなんだけどな」

「人を喰う事に対して、君は何一つ思うところがないという訳か。なるほど……私達よりも……更に君は善悪を超越した倫理観の場所にいる訳だな……」

「ところで、俺の武器はどこに隠してある？　どの道、もう助かりそうもねえから……楽にしてやるよ」

「あの棚の中だ……」

カテリーナの指先の示す方向に従う。

部屋の隅まで歩き、棚を物色する。目当てのものはすぐに見つかった。

拳銃を取り出し、彼はカテリーナに向き直った。

「で、まあ……何が言いたいかっていうとだな。嵌められた方がアホ――ただそれだけの話だ」

そして続けた。

「それが――自業自得って奴だな」

「……婿となるはずの男に殺される。まあ……呪われた血族である私にはそれがお似合い……か」

「いいや、呪われた血とか、そういう問題じゃあねえ。ってか、そんなところは本当にどうでも良い話。今回は勉強になったよ。まずは、俺よりも弱い奴は、既に大勢いるって事。そして、俺がこの迷宮で今までそうやってきたように――油断した強者は、弱者に負ける事が……あるって事な」

順平の瞳の中に、何の感情の色もない事を彼女は確認した。

諦観と共に、カテリーナはクスリと笑い、観念したかのように瞳を閉じた。

「お役に立てたようで光栄だ。婿殿」

そして、順平は拳銃の照準をカテリーナの眉間に合わせた。

「それじゃあ、スキル【解体《ブッチャー》】……」

引き金を引くと共に、続けた。

「……いただきます」


「とりあえず……物資補給だな。ここに放り込まれたときは、金もなくてロクに準備も出来なかったが……」

松葉杖を使いながら、死体に満たされた食堂を後にして外へと出る。

石畳で舗装された円形の広場といった感のある場所。

見渡す限り、二階建ての建物が六つ。

建物の中心に、先ほどの食堂が位置しているという形だった。

「ほとんどは居住用スペースだろう。でも……恐らく、あの施設があるはずだ……」

一番近くの建物へと向かう。

ドアを開け、周囲を見渡したところで、順平はうんと頷いた。

「良し、初っ端からビンゴ」

室内には見渡す限りの大量の麻袋——恐らくは、穀物の袋だろう。

麻袋の数は二百を優に超えていた。

感触的には一つ当たりの重さは二十キロ以上はあるだろうか。

アイテムボックスを呼び出すと、順平はその中に次々と袋を放り込んでいった。

……かなり、骨の折れる作業だった。

片足が不自由な状態である事。

そして、純粋な体力不足のせいで、何度も麻袋を落としてしまった。

そもそも、ＨＰには、攻撃に対する耐久力という意味以外に、持久力やタフネスという意味合いもある。

で……順平のステータスは、回避力以外は一般人以下な訳である。

うんざりした風に彼は独り言ちた。

「そろそろ……回避力の極振りは止めて、ＨＰにもある程度振っておこうか……。スタミナに直結するし、今後も戦闘ってか、嵌めてからのネチっこい作業になるだろうし、当然ながら……こんだけの紙装甲だと……簡単な事で一撃死になっちまう。ノーライフキングみたいに不慮の事故死ってのもアレだしな」

体を使う労働が長時間続いているせいか、脇と背中に汗の湿りを感じた。

多少、息も上がってきたところで、小休止とばかりに、詰まれている麻袋に腰を落とした。

深く深呼吸。

軽く息をついて、ぼんやりと――失った左足を眺める。

「まあ……足が生えてくるまで二週間って話だからな。別に、補給の作業を急ぐ必要もないんだが……」

二分ほどの小休止を終えて、彼は再度、松葉杖を頼りに立ち上がり、作業を開始した。

結局。

それからの三日間で、順平はアイテムボックスに次の内容のアイテムを収納した。

・穀物（二五〇袋）――五トン
・水（革袋×五〇〇）――二五〇〇リットル
・日用品・衣類――手あたり次第
・工具類――手あたり次第
・簡易医療品――手あたり次第
・金属製品――根こそぎ

そして、大量の油壷。

はっきり言ってしまえば、食料と水は腐る事が前提の覚悟で無理矢理に詰め込んだ。

実際に、ここまで大量に持ち運ぶ必要はなかったのかもしれない。

だがしかし、ここの階層に人間がいたように、他の階層にも人間がいる可能性が有る。

その際、水と食料は物々交換に使える事は間違いないし、どの道、腐ったなら捨ててしまえばいい。

日用品の類いも、居住スペースで目についたものは全てアイテムボックスに詰め込んだ。

貧乏性と言ってしまえばそれまでかもしれないけれど、順平はここまで死線を潜り抜けてきた事で気づいた事があったのだ。

——生き残るために無駄なモノなんて……何一つないという事。

布きれ一枚が、あるいは、釘の一本が……戦法次第では、神話の魔獣を穿つ武器となりえるのだ。

それは例えば、薪と油壷と火種だけでケルベロスを討伐したように。

作業を終えた順平は、カテリーナと最後の会話を行った——食堂に戻ってきていた。

テーブルに腰を掛けて、食事を取る。

小麦を水で練って焼いた、ナンのような食べ物。

それを咀嚼しながら、順平は顔を不快に顰めていた。

その原因——それは酸っぱいような、あるいは苦いような香りだ。微かに、けれど、無視できないレベルで食堂内に満たされつつある悪臭。

食堂内に埋め尽くされた死体から漂ってくる腐敗臭である。

人が大量に死んでいるのだから、当たり前と言えば当たり前の話で、悪臭に釣られた小蠅の姿もちらほらと見える。

本来であれば、ちゃっちゃと死体を解体して、スキルなり肉なりドロップアイテムなりに変換させるべきだと順平も思う。

彼がカテリーナから奪ったスキル。

——【解体《ブッチャー》】。

超級にまで達しているそのスキルなら、死体がドロップ可能なアイテムであれば、つまり何でも狙って出せるという事である。

そして、今回の相手はモンスターではなく人間。所持しているスキルも多種多様なものと思われる。

そう、だからこそ——順平は村人達の解体を保留にしていた。

全ての状況を完全に認識し、その上で、限られたスキルスロットの中で、有効と成りえるスキルを厳選するために。

「流石に、考えるのはここでストップだ。完全に腐っちまうと、解体もクソもなくなるだろうからな……」

と、そこで順平は中年の男の死体に向けて歩みを進めて、掌を差し出した。

「対象の絶命を確認。狩猟スキル【解体《ブッチャー》】を行使する」

すぐさまに体表が光の粒子に包まれ、幾つかの素材へと変換されていく。

それは光り輝くカードとなって、順平の眼前にひらひらと舞い降りてきた。

【人間の肉】
アイテムランク▼▼▼　ノーマル
特徴▼▼▼　非常時には食用としても使用可能。

人間の肉のカードを見た瞬間、順平は少し顔を顰《しか》めたが、すぐに考え直してそれをアイテムボックスに収納した。

一方、対象から出てきたスキルカードを手に取ると、そちらはその場に投げ捨てた。

「料理のスキル……そういうのもあるのか、まあ、それは良い……次だ次……俺が欲しいのはあのスキルなんだ……」

次々に死体をカードに変えていく。

肉のカードはアイテムボックスに、村人達から奪ったゴミスキルは次々に捨てていった。

そして、十六人目の解体を終えたところで、順平の表情がようやく綻んだ。

【モンスター・テイム】
スキルランク▼▼▼　初級
特徴▼▼▼　力の非常に弱い魔物を使役する事が出来る。

彼はスキルスロットに新たなスキルを収納させ、独り言ちた。

「そう……ここの施設に……初日に見つけたアレがあるって事は……こういう系のスキルを持ったやつがいないとおかしいんだよ」

そうして、彼は松葉杖を支えに立ち上がり、食堂から外へと向かって歩き始めた。


順平が訪れた建物は、集落からかなり離れた場所にポツンと建っていた。

村の公共施設の中核となっていたと思われる食堂、その周囲には寄宿舎や物資倉庫、診療所と思われる各種の施設が円形に並んでいた。

けれど、そこだけは、それらの施設から一キロメートル程離れた場所にあった。

ボロボロの外装と、そして内装。

どこもかしこも、調度品の数々に至るまで、半ば朽ちかけていた。

しかしながら、その施設がその施設足りえる中核の地下室内部、そこだけは勝手が違っていた。

無駄に頑丈な鋼鉄製の床、壁、そして——仕切り代わりに備えつけられた、太く厚い鉄格子。それらにだけは一切の手抜きが見られなかった。

それはそうだろう、一匹でも村の中に逃げられてしまえば、下手をすれば人命が失われる可能性もあるのだから。

——それはつまり、モンスターを食肉として養殖するための実験場だ。

地下室内に満たされる、糞便の臭い。

二十メートル四方の地下室、鉄格子で仕切られた中には、ゴブリン、コボルト、そしてスライムが蠢いていた。

いわば、雑魚モンスターの展示場。モンスター達は餌の供給が止まっている事に気が立っている様子だ。

何故、村の中に養殖場が存在するのか。

カテリーナは……彼女達は、やはり必死だったのだろう。

ありとあらゆる手段を尽くしたうえで、それらを無理だと判断し、そして修羅の道を歩んだ。

そう考えると、多少の感傷も覚えるが、それでもと順平は思った。

——純粋な意味で生きる事と、道徳的に人間らしく生きる事。それは全くの別問題で、別の次元でのお話だ。

そう……と順平は思う。

——俺には、感傷に浸る余裕はないし、他人を思いやる気もない。脳のＣＰＵにもメモリーにも……そんなクソの役にも立たないような事に費やせる無駄は一切存在しない。

今、順平にとって大切な事。

そして、カテリーナ達に感謝すべき事は、ただ一つ。

「……原初《ピュア》・スライム。よくぞ……この形で変質させずに……飼育する事が出来たものだ……」

感動と共に、順平は【鑑定眼】を作動させた。

【ピュア・スライム】
危険指定▼▼▼　皆無
特徴▼▼▼　スライムとは、そもそも危険度の低い魔物である。当該スライムはその原初であり、最弱に位置するスライムである。現在確認されている全てのスライムは、ピュア・スライムから派生したモノである。ピュア・スライムは、食糧事情・気温環境・衛生環境、ありとあらゆる周囲の環境に適応する能力を有する。最弱ではあるが、それが故に色がなく、それが故に染まりやすいという性質を持つ、唯一のスライムでもある。

うんと頷き、順平は言った。

「そう、こいつは……俺と一緒だ。スキルハンター……この力もまた、最弱であるが故に、どのようにも変われる。そして、色がない故に、戦法の幅も自由で無限大……」

だからこそ、と順平は続けた。

「俺は固定観念にとらわれる事なく、今まで生き残れたし、そして、これからも生き残って見せる。

そう、このスライムを使って……」

順平は、不死者の肉の特性を頭の中で反芻する。

【不死者の肉】
アイテムランク▼▼▼　国宝級
特徴▼▼▼　ノーライフキングの肉。非食用。迷宮の邪神達により発生した強烈な呪詛を人間の死体が帯びたために、発生した魔物がノーライフキングである。当然、その肉は呪詛の塊であり、食した者も特殊な能力を得る事が出来る。具体的に言うと、身体組成が変質し、不死者と同じく、その体液、血液、及び、肉が強烈な神経毒となる。

そして……と考え直す。

神経毒となるには、過程がある。

結果として、細胞レベルとして毒性が残った訳で、否、そうならざるを得なかった訳で。

そして【モンスター・テイム】、それも初級のスキルを持つ必要があった理由を順平は思い直した。

そもそも、スライムは栄養素さえ与えておけば、無限の如く繁殖する生物である。

それは当然、アイテムボックス内においても生殖が可能である生物という事を意味していた。

「さて……この環境下で育てれば……こいつらはどう育つのかな？　一応、ピュア・スライムも育ててはおくけれど……」

こうして、順平はピュア・スライムを隷属の配下に置く事に成功した。

The Dungeon Seeker

名前　**武田順平**

レベルアップ：　**637 → 638**

取得ボーナスポイント：　**5**

ステータス

職業：	**スキル・ハンター**	レベル：	**638**
ＨＰ：	**35**	ＭＰ：	**175**
攻撃力：	**255**（順平の基本値：5） ※サブ武器併用時：245	防御力：	**5**
回避率：	**3000**		

装備

メイン：　**魔獣の犬歯**（神話級）
※神殺しの属性付与

サブ：　**S&W M57　四十一口径マグナム**（国宝級）
※弾丸の補充は魔力による。強化はなし

スキル

（スキルスロット残7）

◎**鑑定眼（超級）**

◎全状態異常耐性　◎解体（超級）　◎モンスター・テイム（初級）

属性

不死者の王

※体組織変性。不死者と同じく、その体液、血液、及び、肉が強烈な神経毒となる

使役魔

ピュア・スライム ×4500

[redacted]・スライム ×1500

第六章　害蟲の王

夜。

彼女が最初に感じたのは微かな違和感だった。すぐにその違和感は確かな体感へと変化を遂げる。

まず初めに彼女が面食らったのは湿度の急激な変化だ。

元々が熱帯地域出身の彼女にとって、三十度超えの現在の温度はいつもと変わらない。

けれど――さながら砂漠のようなこの渇いた気候はさすがにいただけない。

いつもの場所でいつも通りの生活を続けていたはずなのに、気が付けば見知らぬ世界――彼女の与り知らぬところだが、それは次元転移……分かりやすく言えば異世界トリップとでもいうものだろう。

不幸中の幸いと言うべきか、快適な寝床をすぐに見つける事が出来た。

寝床である岩場の穴の中には、水たまりが存在し、水源も確保できた。

ただし、水たまりにはおびただしい量の昆虫の糞。

水は腐り、周囲に悪臭を放っていた。

贅沢を言えばキリがないと彼女は諦め、次は食量の確保のために動き出した。

寝床から這い出るように彼女は外に出た。

そして、先刻から感じていた、周囲を覆い尽くすおびただしい数の生き物に意識を集中させる。

――それはまるで、地表を覆い尽くさんばかりの無数の黒い生き物だった。

カサカサと動き回り、そして夜のヒカリゴケが微かに放つ光源を受け、体表の油が黒光りしている。

そんなゴキブリ達の中を進みながら、この場所に降り立ってから感じていた嬉しい予感を確信に変える。

元々自分が存在していた地域よりも、ここはゴキブリが多い。

それはつまり――幼虫達のエサになる生物が多いのだと。

エメラルドゴキブリバチ。

熱帯地域原産の昆虫であり、生殖の際に奇怪な行動を行う事から一部のマニアの中では有名な寄《き》生蜂《せいほう》である。


単刀直入にいうと、彼女――その蜂はゴキブリに卵を産み付けるのだ。

蜂とゴキブリのサイズは変わらないため、蜂単体ではゴキブリを巣穴までは運べない。

彼女達はゴキブリを毒で操り、自らの足で巣穴まで歩かせる必要があるのだ。

故に、彼女達の勝負はファーストコンタクトのその一瞬に全てがかかっていると言っても良い。

具体的に説明すると……産卵に際して、エメラルドゴキブリバチは対象のゴキブリを捕捉し、まずは胸部の神経節に毒を打ち込む。

毒が多すぎると死んでしまい、少なすぎると長丁場に及ぶ幼虫の成長期間に逃走を許されてしまうため、それはセンシティブな作業だ。

うまく毒を打ち込んだらゴキブリの触角を食いちぎり、ネクロマンサーよろしく、ゾンビのようにゴキブリを支配下に置く。

そうして巣穴まで誘導した後、ゴキブリに卵を植え付けるのである。

巣穴の入口は小石等で完全に塞がれ、穴は完全な密室へと姿を変える。

そうして、数日経過すると卵は孵り幼虫となる。

幼虫は少しずつ少しずつゴキブリの内臓を食い破り、そして筋肉を喰っていく。

おおよそ八日間の間、ゴキブリは体内を貪られる事となるが——既に撃ち込まれた毒によって生きたまま……なされるがままされる他にない。

内臓を喰われながら八日間の生存。ゴキブリの生命力には驚かされるが、それは蜂の幼虫が死なないように加減を行い食事を行っている結果とも言える。

少なくともその数日間は蜂からすればゴキブリは死なれては困る存在である。

なにしろ熱帯地方ではモノがすぐに腐るのだ。肉としての鮮度は長丁場の成長期間、最大限に保たなくてはならない。

そうしてゴキブリは蜂に生かされながら徐々に生命力を失っていく。

最終的に、八日程度が経過した時、蜂はサナギとなる。

サナギから変態を遂げたエメラルドゴキブリバチは、成虫としてゴキブリを食い破り——さながら、ゴキブリから産み落とされるようにして外の世界に飛び立つのだ。

そして。

——彼女は自分の生息域から遥かに遠く離れた場所に突然に放り出された。

けれど、蜂は人間ほど深く物事を考えない。

食べる事が出来て生殖が行えればそれ以外の事は、ぶっちゃけてしまえば何でも良いのだ。

そういった意味で彼女は湿度の低さには不満を抱いていたものの、現在の環境には概ね満足していた。

――何しろ、食い物ならばいくらでもあるのだ。

身重の体を引きずるようにして、彼女は脂の乗った、できるだけ大きいサイズのゴキブリの索敵を始める。

余談だが、昆虫はエビやカニと生物学的には近い位置に属する生命体である。

従って、ゴキブリに限らず、昆虫は見た目さえ気にしなければ総じて美味である事が多いという。

ゴキブリを幼虫の宿主とする彼女にもまた、ゴキブリは美味なる食材にしか見えない訳だ。

そうこうしている内に彼女は一体のまるまると太ったゴキブリを発見した。

彼女の祖先が今までしてきたようにゴキブリに襲い掛かり、そして今まで祖先がしてきたようにゴキブリに毒を打ちこもうとした。

その時――新手の、ゴキブリが現れた。

それはまるまると太り過ぎていた。否、巨大すぎた。

瞬間、彼女の野生生物特有の第六感が最大限のアラームを鳴らした。

そこでようやく彼女はこの場所の真の特異性に気が付いた。

――ここはヤバい地域だ……と。そして、それに気づくのが……遅すぎた……と。

彼女の眼前に現れたのは、体高三十センチ　体長三メートルの巨大な……ゴキブリ。

既に捕食する側とされる側は逆転してしまっている。

——体格差《サイズ》。

肉食獣であれ、草食獣であれ、その差をくつがえす事は出来ない……ただ体格が大きいというだけで自然界においては絶対的な利となるのだ。

エメラルドゴキブリバチは巨大ゴキブリに瞬時に呑みこまれ、そして——周囲に蠢く大量のゴキブリもまた、巨大なゴキブリに根こそぎ呑みこまれた。

そう、ここはあの世とこの世の、そして次元と次元の狭間の迷宮五階層。

——害蟲の王が棲まう階層である。

▼
▼
▼

✝

ヒャッハ……ァ……

今日も元気に……やってこか……

いやー、この階層はガチで凹むな……何せ、階層全体がゴキブリの巣なんだもんな……

まあ、唯一の救いは今回の安全地帯には大小のどんなゴキブリも入ってこられないってところだな。

で、今回の階層でのアドバイスだ。

ゴキブリってのは基本的には人間に近寄ってこない生き物だ。

例えば、自然界で人間の家に入り込んでくるようなのはかなりの変わり者なんだそうな。

それで、ここの階層でもサイズを問わず基本的に習性はそんなもんだ。

まあ、歩いていれば分かるように、そうも言ってられないんだが……とりあえず小さいゴキブリの数が多すぎるから変わり者も一杯いるんだと思ってもらいたい。

そうそう、次の階層だったな。

北東の方角を目指せ。三十分も歩けば着くはずだ。

それで……既に見たかどうかは分からないが、この階層には主がいるんだよ。

見た目と大きさはヤバすぎるんだが、ここで朗報がある。

十メートル程度かな？　かなり接近したとしても、デカイ奴はあっちからは寄ってはこないはずなんだ。

ただし、奴の領域……一定範囲内に近づいた場合、すぐにスイッチが入るようになっているらしい。

体高三十センチ　体長三メートル……害虫としてだけじゃなくて、魔物としても危険な生物だ。

無駄にこちらから仕掛けた場合……命の保障は出来ないぜ。

†

安全地帯。

順平の革の靴は踏みつぶしたゴキブリの体液でグショグショになっている。

そして順平の表情に生気はなく、全裸の彼はただひたすらに湯を含んだタオルで自らの体を拭いていた。

無理もない。

つい先ほどまで、服の中を無数のゴキブリが這いずりまわっていたのだから。

ボクサーブリーフではなく、隙間だらけのトランクスだったらと思うと……と順平の肌をサブイボが覆う。

それは——思い出すだけでも身の毛のよだつ凄惨な道中だった。

「おいおいマジかよ……勘弁してくれよ……」

それがこの階層に辿り着いた彼の第一声だった。

パっと見る限り、そこは森林地帯のようだった。

ただし、一面に黒の迷彩が施されていた。

砂利道に至っては黒い絨毯《じゅうたん》と形容しても差支えのないレベルだ。そして奇妙な事に――その黒色は動いていた、否、蠢いていたのだ。

カサカサカサカサ。

数千匹、あるいは数万匹、それとも数十万匹。

右を向けばゴキブリ、左を向けばゴキブリ、上を見ればゴキブリ、そして振り返ればゴキブリ。

カサカサカサカサ。

一匹だけでも不快なあの音が――壮大なるオーケストラを奏でていたのだから、順平の絶句も無理はない。

ともあれ、前に進まなければいけないのもまた事実だ。

プチプチ。

一歩一歩を踏み出すたびに音がする。

踏みつぶしたゴキブリがネットリとした体液を弾き飛ばす音だ。

「……」

しばらく進むと、異臭と共に水たまりが見えた。

ゴキブリの死骸と糞が絶妙なカクテルジュースを作り、良い具合に発酵現象まで起こしているようだ。

そして、そのカクテルを生きているゴキブリが群がりすするという悪夢の光景だった。

吐き気を堪えながら順平はなおも前に進む。

と、そこで順平は気が付いた。

一面の黒の中に、時折白が混ざっている。目を凝らして見てみると、それもやはりゴキブリの一個体だった。

――そういえば、脱皮した直後のゴキブリは白いんだったっけか……

彼が昔インターネットで見た動画で、飲食店街のマンホールにゴキブリ駆除用の燻煙剤を投げ込むという物があった。

マンホールに薬剤を投入した数秒後に、一斉にゴキブリが地上に溢れだすというとんでもない動画だったのだが――その時にも確かに白ゴキブリがいたような気がする。

その際に彼は調べた事があるのだが、白ゴキブリは外皮が柔らかいために脱皮直後は巣からは出てこないというのだ。

そう。

緊急事態でもない限り、白ゴキブリは巣から外には出てこない。

――ってことは……やはりここは……階層自体がゴキブリの巣って訳か……

と……順平がそこまで思い至った時、彼は「ひゃあ」と甲高く情けない声を出した。

くすぐったいような、モヤモヤするような、そんな感覚が左足のスネから感じられ、そして一瞬で太ももへとその感触が辿り着いた。

ゾワっと全身が粟立った。

即座に服の中に侵入したゴキブリを手で叩き潰す。

プチっ。

靴で踏みつぶすならまだ良いが、肌に密着しての零距離でのその音は、あまりにも絶望的。

「……………」

深く、ただ深く大きな溜息をついた彼は、その後は服の中に侵入してくるゴキブリを無視した。

ケルベロスに腕を喰われた時の事を思い出せば……と開き直ったのだが、だがそれでも気持ち悪いものは気持ち悪い。

そうしてしばらく歩いた後、どうにかこうにか彼は安全地帯を発見したと、そういう次第である。


「に、しても……」

体を拭き終った順平は、衣類の洗濯に取り掛かりながら独り言ちた。

どの道、次の階層へと向かう訳で、彼はもう一度修羅の道を潜らなければならない。

故にこの階層を抜けるまでは洗濯は意味のない物ではあるのだが……それでも洗ってしまうのは、

彼が日本人だからだろう。

それに、カテリーナの村で衣類はかなりの数を拝借している。

元々のボロ服は既にアイテムボックスに収納されていて、状態のまともな服のストックはいくらでもある。

けれど、それを捨てずに洗って再利用しようとしているのは――それもまた、やはり彼が日本人だからなのだろう。

「体高三十センチ、体長三メートルのゴキブリか……」

地球上の全生物を人間のサイズに換算した場合、最強となるのは昆虫というのは有名な話だ。

例えば、アリはトン単位の重量を引っ張る事が出来るし、バッタの跳躍は百メートル以上を一回に飛んでしまうようなものなのだ。

――そして、ゴキブリは時速三百キロで疾走する。

考えたくもない悪夢の光景だが……何故か順平はその場で笑みを作った。

「ケルベロスは……もっと速かったはずだ」

確かに、以前の階層で神話の獣と対峙した際、ケルベロスは衝撃波を発生させ、音を置き去りにした攻撃を仕掛けてきた。

そして彼のスピードはあの時よりも遥かに上だ。

そこで順平はアイテムボックスを取り出して思考を始めた。

「昆虫だから外皮は硬いだろう。ケルベロスの牙と俺の筋力で装甲を貫けるかが疑問だ……いや、それで何とかなるとは思わない方が良い」

そして、彼は眉を顰めながら続けた。

「……と、なると虫の特性を利用するしかない訳だが……うん、材料は揃ってるな。が、この量で足りるかどうかも問題だ」

と、そこで彼は首を左右に振りながらパンと掌を叩いた。

「まあ、スピードは俺の方が速いだろう。無理だった時は無理だった時……そうであれば……仕掛けるだけ仕掛けて逃げれば良い」

そうして彼はアイテムボックスからベッドシーツを数枚取り出し地面に敷いた。

その上に取り出した大量の小瓶を並べていった。


ゴキブリだらけの森林を歩き回り、順平は遂にソレを発見した。

「おいおい、よりにもよって……白かよ」

体高三十センチ、体長三メートル、そして脱皮直後なのだろうか白色のゴキブリが順平の前方二十メートル程度の場所に所在していた。

プチプチプチと、音と共に周囲のゴキブリが、その巨大ゴキブリに捕食されていく。

――共食い。

この階層はゴキブリの王を頂点とした食物連鎖が存在するのだろう。

が、それはともかく、と順平はカテリーナの村から拝借してきたサビだらけの包丁を取り出す。

そして巨大ゴキブリ目がけて投擲《とうてき》した。

触角がグルリとうねり、キシシシシという鳴き声を発するゴキブリ。

「白だったら、外皮が弱いから……ひょっとしたら包丁程度でダメージが通るかもと思ったんだがな」

釣り針にゴキブリが食いついた事を確認し、彼は踵を返した。

「まあ、さすがに楽観的すぎるか。さあ始めようか……鬼ごっこだ」

加速時間ほぼゼロで、巨大ゴキブリはマックススピードの時速三百キロに達する。

――良し、これならいける。

ゴキブリの突進を半身になってギリギリのところで躱した。

そして、跳躍して樹木の枝を掴む。猿のように枝から枝に飛び移っていく。

順平は回避に特化したステータス振り分けを行っている。

ダッシュ力は純粋な筋力のカテゴリーに属するため、単純な徒競走では歯が立たない。けれど、地形を利用した軽業師的な鬼ごっこであれば……勝機は十分にある。

「へへ……止まって見えるぜ！」

ゴキブリが跳躍し、樹上の順平に向かって飛びかかって来たが、それをひらりとかわして順平はほくそえんだ。

——俺は確実に強くなってる。やはり素早さではこの迷宮ですら通用するレベルになっている。

順平が樹木から樹木へ飛び移ると、その度にゴキブリが跳躍、あるいは飛行を行い順平の胴体目がけて大顎を広げて飛びかかってくる。

とは言え、相手も新幹線レベルの速度で縦横無尽に動く。そして簡単に避ける事が出来るという事と、いつまでも避け続ける事が出来るという事はイコールではない。

証拠に、幾度目かの突進かは分からないが——それを避けた時に、順平の服の裾の一部が食いちぎられた。

ヒヤリと順平は肝を冷やしたが、すぐさまニコリと微笑んで最後の樹木の枝へと跳躍を行った。

そしてゴキブリも順平を追って突進を行う。

順平は樹木の枝に飛び乗り、そこから更に大きく真上に跳躍した。

彼が所在していた空間を通り抜け、すっぽぬけたようにゴキブリは更に先の樹木へと減速する事なく突っ込んでいく。

「これでデッドエンドだ！」

樹木の枝と枝に張られていた幾枚かの濡れたシーツ。

刺激臭を放つそのシーツは純度八〇パーセントのアルコール（酒）に浸《ひた》されていたものだ。

そこに突っ込む形になった巨大ゴキブリは全身をシーツにくるまれ——つまりはアルコールに浸される事になった。

ゴキブリだけでなく、多くの昆虫は酸素を体内に取り入れする際に気門という器官を使用する。

そして、ゴキブリの体表は油に覆われており、アルコールにはその油を溶かす効果があるのだ。溶けた油は気門を塞ぐ。

結果、ゴキブリは体内に酸素を取り入れる事が出来なくなってしまう。この理屈はゴキブリ駆除スプレーにも使用されているものであり、多くの昆虫に通用する駆除方法でもある。

つまるところ、窒息状態を作り出したという事。

「さあ、踊りな……クソ虫がっ！」

シーツに身をくるんだまま、狂ったようにゴキブリはその場でのたうち回り、触角をウネウネと曲げる。

そして数十秒の後、ゴキブリは動かなくなり、その触角も力なくポトリと地面へ垂れた。

樹上から地表へと順平は降り立ち、独り言ちる。

「それじゃあ、トドメに火でも付けようか。ゴキブリっつーくらいだから火には弱いだろうしな」

高純度のアルコールに浸されたシーツなのだから、点火すればすぐさま燃えるだろう。

アイテムボックスから火打石を取り出していたその時、ゴキブリの触角が動いた。

シュっと空を切る音と共に、順平の顎に触角がクリーンヒットする。

グワンと脳が揺れるのを感じ、順平は片膝をついた。

——これは……不味いな。まさに虫の息のゴキブリのしかも触角……我ながら……紙装甲にも程があるだろ……

平衡感覚がつかめず、今にも飛びそうな意識の中、彼は火打石でゴキブリに点火を行った。

同時に、キィっと悲鳴をあげたゴキブリは明後日の方向へと駆け出していき——元から順平への一撃は最後の抵抗だったのだろう——力尽きた。

致死性のダメージではないが、脳を揺らされる事による意識の混濁は人間の構造上、不可避の事態だ。

ゴキブリが絶命したことを確認した順平は安心したかのようにその場に仰向けに倒れ、瞳を閉じようとする。が、そこで目を見開いた。

「はは……そりゃあないぜ」

白ではなく、黒の巨大ゴキブリが目測で六体程度。

一匹見つけたならば二十匹は家にいると思えの格言通り、キングサイズのゴキブリもまた……この階層に単体で存在している訳ではなかったのだ。

腕に力を込めて立ち上がろうとするが、体がどうにも言う事を聞かない。

そして——彼の意識は夢現《ゆめうつつ》の曖昧な状態となった。

キシシシシと、遠方でゴキブリ達は歓喜していた。

体重六十キロ強の良質なたんぱく質を、労なく手に入れる事が出来たのだから、それも無理のない事だろう。

ゆっくりと順平に向かって近づいていき、ゴキブリの内の一体が彼に噛みつこうとしたその時、何の前触れもなくそれは起きた。

「散」

ボンっという破裂音と共に、順平に喰いかかったゴキブリが爆裂四散し、その場に臓物を撒き散らした。そして、撒き散らされた臓物はすぐさま黒い霧となって飛散し、後には塵も残らなかった。

「……久しぶりだね。うん……本当に久しぶりだ」

順平の視界は霞んでおり、はっきりとは確認できなかったが――年の頃は順平とほぼ同じ、黒の長髪の色白の少女だった。

彼女は順平に視線を送る。

何事かを語り掛けてくるが意識のほとんどは既に彼方へともっていかれているため、聞き取る事が出来ない。

「人間は……■■■■だ。脆弱が故に、■■■と■■■で■■に揺らぎをもたらす事が出来る……そう、キミが私に言ってくれた通りにね。そしてキミの言葉があったから私は■■■になれた」

そして、続けた。

「けれど、恐らく……私が迷宮そのものに[redacted]できるのは低層のここがギリギリ……今回が最後だ。深層まで――[redacted]してくれるなよ？　キミを殺すのは私、あるいは[redacted]なのだから」

と、そこで順平の意識は完全に途切れた。


彼女は眉をへの字に曲げて順平に語りかけた。

「おい……本当に寝たのか……？　ふー……まあ良い。そうであれば害虫の駆除を行おう」

もしも順平の意識が明確であり、彼女を鑑定してみると相当に驚いただろう。

――何しろ彼女は……

やがて闇夜の中で、薄ぼんやりと彼女の右目が光り始めた。

そして周囲の残る五体のゴキブリを見渡してこう言った。

「検索条件：ゴキブリの掃討及び当方の無傷。なお、可能な限りゴキブリとの接触は避ける事」

そして彼女はうんと頷いた。

「条件達成までの最適解を確認。これから六手でキミ達は分子の領域まで分解されて息絶える」

そうして、拳を鳴らしながら続けた。

「まずは一手目……口上だ。二千四百万のパターンから導き出された定められた運命――未来を見通す私の魔眼には誰も抗う事は出来ない。さあ、始めようか？　三下君達？」

そして。

全てが終わり、順平が目を覚ました後……その場には彼が始末した一体のゴキブリの焼死体しかなかった。

「……夢……だったのか？」

そう呟くも誰の回答も得られない。

「……考えても仕方がない……か。どちらにしても……たかが触角の一撃でこのダメージを受けるのは……本気で不味いな……」

納得いかないような顔をしながら、順平は次の階層に向けて歩き出した。

プチャリ、とゴキブリを踏みつぶした不快な音を聞きながら。

名前 武田順平

レベルアップ：638 → 650

取得ボーナスポイント：60

ステータス

職業：スキル・ハンター　レベル：650

ＨＰ：95　ＭＰ：175

攻撃力：255（順平の基本値：5）　防御力：5

※サブ武器併用時：245

回避率：3000

装備

メイン：魔獣の犬歯（神話級）

※神殺しの属性付与

サブ：S&W M57　四十一口径マグナム（国宝級）

※弾丸の補充は魔力による。強化はなし

スキル

（スキルスロット残7）

◉鑑定眼（超級）

◉全状態異常耐性　◉解体（超級）　◉モンスター・テイム（初級）

属性

不死者の王

※体組織変性。不死者と同じく、その体液、血液、及び、肉が強烈な神経毒となる

使役魔

ピュア・スライム ×4500

[redacted]・スライム ×1500

第七章　一万の軍隊

▼▼▼▼▼▼

順平は絶句していた。

その階層は、五百メートル四方を、コンクリートで打ちっぱなしにしたような——全面が灰色の空間だった。

扉を開くと、そこはすぐに安全地帯。

そう。

ケルベロスの時と同じく、初っ端からの安全地帯だった。

順平が思うに、初っ端の安全地帯というのは……難易度が高すぎる際に現れる、神からの蜘蛛の糸のようなものなのだろう。

証拠に——今回の敵は今までの敵とは、見た瞬間のインパクトが違った。

その光景の衝撃だけならば、今までで圧倒的に最高で、そして最悪だった。

「狭間の迷宮ってのは……本当に何でも有りみたいだな……」

順平の目の前に拡がっている光景――それはつまり、見渡す限りの、人、人、人。

銀色の甲冑《かっちゅう》に身を包み、槍や剣で武装した、西洋鎧武者の集団……否、そのままの意味で軍隊だった。

目算で数千……否、ひょっとすると、一万を超えているだろうか。

現代風に例えるならば、ドーム球場のコンサートで、アリーナ席が全て西洋鎧武者という状態だ。並の歌い手さんならステージ上でドン引きだろう。

そして、その全てが例外なく殺気を放ち、こちらを見つめているという状況だ。

とりあえず、懐から拳銃を取り出した順平は、手近な一名に向けて発砲した。

安全地帯との境界線で、順平の放ったマグナムの弾丸は、シュポンっという冗談のような音と共に消失した。

そこで、彼は苦虫を噛み潰したように肩をすくめた。

「……なるほど、ルール変更か……。まあ、安全地帯からの発砲……それが有りなら……この階層は余裕だよな」

【鑑定眼】による、今回の相手方のデータ分析は次の通り。

【リンダール皇国軍】

危険指定▼▼▼　単体E／総体S＋

特徴▼▼▼　とある次元の、とある国の軍隊。大規模演習中に、一万を超える軍隊が突如として消えた事は、当時のその世界を大いに騒がせた。消失の原因は、発生した次元の歪みに運悪く巻き込まれたというものだった。宮廷魔導士の一団も同行しており、物理戦闘のみならず、魔法戦闘にも対応可能。元は人間で、身体的性質も人間だが、迷宮内に立ち込める邪神の魔素の影響で正気を失い、モンスターに近い気性となっている。そのため、聖域内には近寄れない。

深い、深いため息。

続けざま、順平は妙に明るい口調のオッサンの手紙に目を通し始めた。

†

ヒャッハー！

兄弟！　ご機嫌よう！

一難去ってまた一難！　今回は、軍隊が相手だ！

まともに攻略するなら、まずレベル２００以上の大陸最強クラスの魔法使いが四～五人は必須だな。

何をするかっつーと、開幕と同時に超ド級の大規模破壊魔法をブチかまして一撃で仕留めるってところだ。

だが、相手には宮廷魔術師の一団もいる。

防性障壁を初っ端《しょぱな》に作られてしまえば、たとえそれくらいのメンツを揃えていたとしても、結構な無理ゲーとなる。

そうなれば、近接戦闘職の連中のスタミナ次第……となってくるだろう。

まあ、どちらにしても、魔法使い以外にも結構な高レベルの近接職がそれなりに必要だろうな。

え？　じゃあお前はこの軍隊を前にどうすんのって？

だから、前回も言っただろ、俺はソロプレイだってよ。日本じゃニートでコミュ障……言わせるな、恥ずかしい！

ああ、話がズレたな？

俺がどうするって話……まあ、今までどおりに俺は逃げるよ？

……レベル２００しかないけど……逃げるよ？

いや、正直、美味しそうなモンスターがいつか現れると思って……安全マージンを取り続けてここまで来た。

今まで、殺れそうなモンスターもいるにはいたが……リスクがでかすぎた。

で……知っての通り、甘いのは一匹も出てこなかった。

そろそろヤベェ。実際、俺は追いつめられてる。

ま、それはそれで……湿っぽいのは止めにしよう。


……陽気にやってこかーーー！


で、俺がどうするかって話だったな。

とりあえずな、こいつら、基本的に一匹一匹は弱い。で、空飛べない。

上空三百メートルとかまで飛び上がれば、こちらに対する有効な攻撃手段がない。魔法ですらも大幅に効果が緩和される。

で、俺、レベル２００で、外の世界じゃ結構名前の知れたトレジャーハンターな訳ね、普通に、結構強いのよ。

更に言うと、異世界転生組だから……アイテムボックスの容量が超ヤバイ。もう、何でも持ち込める。

つまりだ。

チャラチャッチャチャーン！　空飛ぶ絨毯！

はい、これで上空から一気に次の階層のドアまで突っ切ります。

ま、多少ダメージ喰らうかもしれないけれど、適当に何とか出来るでしょう。

つーことで、アディオス！

†

「オッサンもそろそろ追いつめられてるみたいだな……まあ、逃げ回ってりゃあ……そうなるか。ってか、死なれたらマジで困るんだけどな……」

さて……と順平は、オッサンの残したメモを　投げ捨てた。

眼前に広がる甲冑の集団、金属の擦れる音。

コホー、コホー、と、甲冑内部から聞こえてくる息遣い。

――その総数一万以上。

そこで、順平は天を見上げ、自嘲気味に笑った。

「オッケー。オッサン……どんな状況でも陽気にやっていくってのは大事な事だ」

ってことで、と順平は大きく息を吸い込み、西洋鎧武者の集団に向けて大声で呼びかけた。

「さーーー、元気よく……とことんまで地味に……やっていこうか……っ！」

そして余裕綽々の笑みを浮かべた。

「ケルベロスの犬歯だけで、甲冑着込んだ人間は多分殺れる。けれど……回避力だけで勝負するにしても、まともにやっても……二百～三百人を殺したところで、不注意か、あるいはスタミナ切れで……捕まって殺られる」

パンと両手を鳴らす。

「さあ、みなさんお立合い、取り出したるは、真に奇なりし――アイテムボックス」

芝居がかった口調と共に、順平はアイテムボックスを呼び出した。

アイテムボックスの蓋を開くと、ニュルニュルと蠢く何かが飛び出してきた。

「中から現れるは、無数のスライム……ってな訳だ」

一体一体の直径はおおよそ三十センチ～四十センチ程度。

黒みがかった、紫色のスライムが物凄い勢いでアイテムボックスから這い出てくる。

「さて、リンダール皇国の軍隊諸君……付き合ってもらうぜ？」

そして、スライム達は迷わずに安全地帯の領域を踏み越え、兵士達へと向かって、一直線に這い寄っていった。

突然の出来事に、兵士達が一瞬固まった。

久方ぶりに、下の階層から人間の獲物が現れたと思いきや、突然スライムを大量に呼び出し、突撃させてきたのだ。

どの次元、どの世界でも――スライムと言えば、最弱の魔物と相場が決まっている。

確かに、スライムという生物の環境適応能力はズバ抜けている。

ピュア・スライムの状態からであれば、環境に応じてどのようにも育つし、過酷な状況でも生き延びる事は出来る。

けれど、それは弱いからこそ身についた能力なのだ。

そう、スライムは弱すぎるが故に、どのような場所でも生きていける能力が必要だったという事だ。

確かに、ピュア・スライムを特殊な環境下で育てると、あるいは強力な個体を作成できる可能性もある。

だがしかし、所詮、スライムはスライムで、戦闘能力は雑魚の範囲内。

――何度でも言うが、スライムは雑魚中の雑魚なのだ。極限の難易度を誇る狭間の迷宮において、モンスターテイマーが使役するにしては、あまりにも不釣り合いな魔物である。

半ばモンスター化しているとは言え、基本的には人間に近い生命体である兵士達が『何故にスライムを……』と、そう疑問に思うのは当然の事だった。

兵士達のそんな疑問に応じるように、順平はおどけて笑った。

「付き合ってもらうぜ？　地獄の泥仕合の始まりだ」

次から次へとアイテムボックスから紫色のスライムが現れる。

その数は尋常ではなく、ともすれば無尽蔵かと思えるほどだ。

迎え撃つは、槍を構え、陣形を整えた軍隊。

槍衾《やりぶすま》を形成させ、針の山、あるいは――壁と表現しても差支えのない陣容。

そんな準備万端の彼等に向かって、槍に突き刺さるのをおかまいなしに次々と紫色のスライム達が飛びかかっていく。


――そうして、一方的な蹂躙劇が始まった。


ほとんどのスライムは、槍衾に無防備に突撃し、串刺しにされていく。

そして、あるスライムは、魔術師の炎で焼かれ、蒸発した。

運の良いスライムは、槍の攻撃を避ける事が出来たが、剣で真っ二つにされた。

スライムの体液の――重たく、そして苦い臭い。

更に、それが焦げて、硫黄のような臭いが仄かに混じった悪臭が立ち込める。

あるいはそれは脱力すらも誘発するような酷い臭いだった。

既に、スライムの屍は幾百を数える。

だがしかし、なおもスライムの突撃は続く。

対する兵士達は困惑の色を隠せない。

迎撃の態勢をきちんと整えているだけに、彼等の損害はゼロだ。

露払いを行うかのように、ただ、無防備に突撃してくるスライムを処理していくだけの話なのだから、それも当然の結果だろう。

数匹に同時に飛びかかられ、一瞬だけ態勢を崩す一角もあったが、背後に控える魔術師や剣を用意した者のフォローによって、事なきを得る。

――しかし、それでもなお、順平はスライム達を、突撃させ続ける。

自分は安全な場所に立ち、ただひたすらに、スライム達に、死ねという命令を続ける。

口元を歪めたまま、楽しそうに、嬉しそうに、スライム達が切り裂かれていく様《さま》を眺め、その無謀な神風特攻を傍観し続けた。

丁度その時、スライムの集団に範囲攻撃の炎の魔法が浴びせかけられた。

そこで、順平の顔に露骨に苦い色が走る。

あるいは、兵士達が正気を保っていたのであれば、順平のその微妙な表情の変化に気づけたのかもしれない。

そう、この戦闘が始まってから、彼が表情を負の方向に崩したのは、炎系の魔法がスライムに使用された時だけだ。

真空の刃で切り裂いた時でも、氷の刃で串刺しにした時でもなく、ただ、焼き払われた時にのみ、彼は何故だか渋面を浮かべていたのだった。

今現在、目の前で焼かれるスライムの数を数え、少し思案した後、彼は独り言ちる。

「現在まで……焼かれているのは全体の一割にも満たない……まあ、これなら……許容範囲内か……」

そうして、なおも順平のアイテムボックスから涌《わ》き出るスライム。

槍が刺さり体液が飛び散る。

剣で裂かれ、肉片が飛び散る。

そして、魔法で、スライムは蹂躙されていく。

概ね一時間程の虐殺劇、連続的な無謀な突撃の結果――その階層の床には、スライムの肉と体液が大量に放置される事になった。

そこで、ようやく、順平のアイテムボックスの中から、スライムが涌き出る現象が止まった。

盛大に飛び散った、かつてスライムだった肉塊を見渡し、順平は大きく頷いた。

「良し、これで、作業は終了っと……あとは、事が起こるのを待つだけだ」

そうして、アイテムボックスから薪と細い枝、そして藁を取り出した。

薪を数本組み上げると、合間合間に細い枝を差し込み、そして最後に藁に着火。

すぐさまに、焚き火が完成した。

その場にゆっくりと腰を下ろし、ケルベロスの干し肉と穀物を取り出した。

周囲を一部の隙もなく取り囲んでいる兵士達に気を留める様子もなく――鍋に水を張り始める。

肉と、米に似た穀物を鍋に放り込み、軽く塩を振った後に、蓋をした。

「よし、飯が出来上がるまでちょっと寝ようか……」

さて……と、そのまま、順平はアイテムボックスから毛布を取り出し、その場で横になった。

どうやら、雑炊のような料理を作ろうとしているらしいが――動揺したのは兵士達だ。

それはそうだろう、この状況下で、順平は彼らを最初からいないものとして――

――本格的に野営を始めてしまったのだから。


「ふー……」

腕時計を確認する、現在、朝の六時三十五分。

さて、とゆっくりと起き上がる。

慣れた動作で、水袋から桶に水を張った。

あくび混じりに顔を洗い、次に噛み砕いた木の枝で歯磨きを始めた。

次に、鍋に少量の煎った豆と水を入れ、焚き火にくべる。

そして、彼は首をかるく鳴らすと、頭の中で音楽を再生させた。

それは日本人なら誰でも知っているあの曲だ。

――つまるところは、ラジオ体操その一。

順平自身、毎朝のこの作業はどうなのかなと思うが、日本にいた頃からの日課なのだから仕方がない。

一連の動作を終え、最後の深呼吸を終えたところで、良い感じに湯気を上げている鍋から、カップに湯を注ぐ。

そこで、ほっと一息とばかりに、その場に腰を落とした。

前々回の階層で一番有難かったのが、コーヒー豆を発見できた事だ。

順平は、重度のカフェイン中毒者であり、この世界に来てから、それは非常にシリアスな問題の一つだったのだ。

満足げに苦い汁をすする。

そうして、無機質な瞳で、順平は眼前の光景を眺めていた。

——既に一週間程、ここの階層に滞在している。

テント、水浴び場、その他の必要最低限の設備は設置済み。

あと一か月ここで暮らせと言われても、それは可能だろう。

ともあれ……と順平はコーヒーを飲み干した。

「そろそろ……か」

眼前に広がる光景、それは無数の甲冑の男達の屍の群れ。

最初期に感染した者の肉が腐り始めており、小蠅がたかり始めている。

「せっかくのスライムのタンパク源を……蠅共に食わせる訳にはいかねえよな」

彼等の息遣いが消えてから既に三日も経過しており、ピュア・スライムのストックも大量にある訳だ。

だったら……本来はここまで待つ必要もなかったのかもしれない。

けれど、大量のスライムを今後も運用していく必要上、無駄な犠牲……否、はっきり言ってしまうと、無駄な食料は失いたくはない訳だ。

狭間の村で得た穀物類も無限ではない。

そして、眼前には良質な餌……死体が大量にある。

増やせるうちに増やしておき——あとは勝手に減ったとしても——今現在のマックスの総数、これは可能な限り、確保しておきたいのだ。

だから、彼はここまで待った。兵士が全滅するまで——

仮に、感染してはいるものの、死亡には至っていない兵士がいたとする。

その場合、ピュア・スライムが殺される事も想定される。その数は数十から、あるいは百を超えるかもしれない。

ピュア・スライムをそんな無駄な事で犠牲にさせる訳にはいかなかった。

そうして、順平はアイテムボックスから、ピュア・スライムを呼び出し、安全地帯の外側へと放った。

先の戦いで失ってしまったパンデミック・スライムを繁殖させなくてはならないからだ。

物凄い勢いで、スライム達が死体を貪り食っていく。

三十分も経過すると、スライムの内の半分の動きが急速に弱まり始めた。

そりゃあ、そうだろう……と順平は思う。

「ノーライフキング。不死者の王の……最悪のウィルスを喰ってんだからな……いかなピュア・スライムでも全員が適応できるとは限らない」

【不死者の肉】
アイテムランク▼▼▼　国宝級
特徴▼▼▼　ノーライフキングの肉。非食用。迷宮の邪神達により発生した強烈な呪詛を人間の死体が帯びたために、発生した魔物がノーライフキングである。当然、その肉は呪詛の塊であり、食した者も特殊な能力を得る事が出来る。具体的に言うと、身体組成が変質し、不死者と同じく、その体液、血液、及び、肉が強烈な神経毒となる。

ここまでは以前からの不死者の肉の説明文だが、いつの頃からか、次の補足事項が順平の頭の中に浮かぶようになっていた。

常日ごろから眺めている自分の肉体だから……【鑑定眼】が更なる洞察力を発揮したという事なのかもしれない。

ともあれ、その内容は次の通り。


不死者の肉が神経毒となる原因について▼▼▼

死者とは、そのものズバリ、つまりは死亡している者の事を指す。死亡をどう定義するかは諸説あるところだが、肉体の恒常性を維持する事が出来なくなった状態と……この場合は定義する事とする。また、恒常性の維持が不可能となった状態とは、つまりは代謝、免疫系統が失われ、細菌、微生物、虫等による腐敗・捕食が行われ、早晩の内に原形をとどめない状態になるものを指す。

しかし、ノーライフキングをはじめとする不死者の肉体は、腐る事はあっても、崩れる事はない。あるいは、吸血鬼のように見た目は通常人と変わらぬ種族すらも存在する。

そもそも、何故に不死者が不死者と呼ばれるのか。

それは、人類を超越した長寿だったり、あるいは異常な回復能力、タフネスだったり。

それらの能力は体細胞の代謝が通常人とは完全に切り替わった事により得られる物である。

不死者の肉体は恒常性が失われ、体細胞の分裂が行われなくなっている。けれど、意識はあるし、動く事も可能。言ってしまえば、脳死とは逆のパターン、つまりは体のみが死亡しているという状態に近い。そこで、古代に生み出された邪法によって――代謝を代替させる。そうする事で不死者達は体を保つ事が出来ている訳だ。アンデッドの原点は錬金術を極めた外道法師の不老不死研究に始まると言われている。

その始祖が編み出した邪法。

錬金術とは、化学と根っこの部分が同じ学問の進化の形であり――その邪法とはつまり、現代日本人にも分かりやすく言うと、ウイルスと言い換えても良い。苗床となった死体を少しでも長持ちさせるために、より多くの繁殖を行うべく――ウイルスは細胞に働きかけ、代謝系を無理矢理に活性化させる効用を持つ。つまり、そのウイルスは宿主の代わりにそれを行う――否、そうなるように造り出された。それこそが邪法である。

例えば、体細胞分裂と壊死のバランスが崩れた者はゾンビ系統へ。あるいは、そのバランスが通常人と変わらぬ範囲内に収まった者は吸血鬼系統へ。そして、そのウイルスを支配及び調整できる耐性を持つに至った者――それが、不死者である。

具体的に言うと、ウイルスは不死者の体内で死滅と繁殖を繰り返している。必要な代謝が行われる度、増えすぎる事のないように不死者の持つ抗体で適度に間引きが行われ、残った微量数も休眠状態となるという訳である。結果として、他者に感染するに至る事はないが、その毒性は不死者の死肉に残る事になる。それが神経毒となる訳だ。

なお、言うまでもないが通常人が当該ウイルスに感染すれば、発症四十八時間以内に、死亡する可能性が極めて高い。対抗するには、始祖の外道法師の残した特効薬――教会等で販売されている聖水に頼るしかないと、多くの文献には記されている。


そこで、順平は大きく頷いた。

「で……。俺の肉にはそのウイルスが、極めて微量だが、しかも、休眠している形で一定数存在している訳だ。加えて……どんな環境にでも対応できる、いや、環境をあるがままに受け入れるというスライムの特性……」

とはいえ、眼前では半数程のピュア・スライムがウイルスに適応できずにその生命活動を鈍らせている。

が、死亡には至らなかった他のスライム達の体表に、紫色が混じっていく。

――それが、パンデミック・スライムへの進化。

弱ったスライム達は、進化を終えた紫色のスライムに、人間の死体もろとも捕食されていく。

食料を得て、分裂していくスライム。

対照的に、捕食され続けて、数を減らしていく死骸。

「アンデッドのように、ウイルスをコントロールするんじゃねえ。スライムの場合はあるがままに受け入れ、共生する。そんなスライムの体液は……当然、ウイルス塗れだ」

そう、つまり……と順平は、既に物言わぬ骸《ムクロ》と成り果てた甲冑の群れにファックサインを決めた。

「――アウトブレイクだ」

※アウトブレイク――特定地域内での感染症の大流行

▼▼▼

一面が白色の空間。

何もない空間に、一本の樹木が生えていた。

そんな樹木の下、一人の少女が思いつめた表情で佇んでいる。

身長百五十センチ程度、見た目の年齢の頃合いは十七歳。

腰まで伸ばした金の絹髪に、西洋人形をそのまま連れてきたような顔立ち——そして、服装。黒を基調に、朱色のアクセントの利いたゴシックロリータ風の服装。そんな少女が、木の枝から吊り下げられた、輪状の荒縄を握りしめながら呟いた。

「今回は……逝ける気がする」

それだけ言うと、彼女は荒縄の輪っかを、自らの首に通し、きつく締めあげる。

そして、彼女は足を大きく上げて——踵《かかと》で足場を崩した。

必然的に訪れる状況は、つまるところ——首吊り。

動脈を止めるというよりも、むしろ気管ごと押しつぶすように、重力と荒縄は彼女の首を絞めつける。

瞬時に、顔がうっ血し、青色を通り越して紫色に染まっていく。

筋肉が緊張——そして弛緩し、尿、そして糞便……大量の排泄物が、宙ぶらりんの彼女の股間から流れていく。

——ああ、これで……逝けるっ！

歓喜の表情と共に、彼女の瞳がぐるんと白目を剥こうとしたその時。

少年の甲高い声が、その空間に響き渡った。

「まだだ、まだ君は逝かせない……っ！　同じく不老不死、そして絶対者……自分だけ一人で死のうなんてあまりにも都合が良いとは思わないかい？」

パチリと少年が指を鳴らす音。

瞬時に、少女のうっ血した表情が元に戻り、排泄物がビデオの逆回しのように元に戻っていく。

そして、何故だか、荒縄がプツリと中途から切断され、少女はそのまま床に向かって落ちた。

「……早く私に死を……時の牢獄からの解放をっ！」

懇願するようにそう言う、彼女の視線の先。

いつのまにやら、樹木の近くに六十インチ程度のテレビが設置されていた。

テレビから延びるコード類の行き着く先は、ゲーム機とコントローラー。そして、それを操るは中性的という言葉が良く似合う少年だった。

黒で統一された、肌色の面積の多い、ビジュアル系のスーツ姿。

片手でコントローラーを操り、もう片方の腕は、指を鳴らした後の姿勢のままだ。

そこで、彼は感慨深げに大きく頷いた。

「ふふ、スペランカート……この主人公の虚弱体質は……僕の作り出した生物達に通じるものがある。死に満たされた世界で、巧みに主人公を操り不可避であるはずの破滅の運命を回避する……なかなかに楽しいゲームだった……」

エンディング画面を見つめながら、感無量の少年に、少女は呆れ顔で呟いた。

「神様、毎日毎日ゲームばっかり……あと、早く私を解放してください」

「ゲームばっかりか……確かにそうだね。でも、あんまり僕を責めないでくれないか？　僕は気の遠くなる時間をずっと退屈に繰り返してきたんだ。でも、今回の人類の作ったサブカルチャー……ゲーム・漫画・アニメ……これは凄いものだ」

そう、と神は続けた。

「僕を相手にしてすら、きちんとした暇つぶしを成立させてしまっているんだよ。このゲームは……全く、これは凄いものだよ。今回の人類は」

興奮した様子の神に、興味なげに少女は言った。

「うん、分かりました。そんな事はどうでもいいから、早く私を解放してください」

「ははは、君を殺す？　それはナンセンスだ」

「うん。分かってます。あなたとの契約……神専属のメイドとなる事。死以外の願いであれば全てを叶えるという条件で――ここに仕えましたが、もう耐えられません。何をやっても暇つぶしになりません。だからお願い、早く私を解放してください。助けてください。殺してください……」

彼女の懇願をガン無視した神は大きく頷いた。

「で、こちらのほうは一体、どうなっているのかな」

ともあれ、と少年は眉間に人差し指をあてて、瞼を閉じた。

すると、神はその場で腹を抱えてうずくまり、そして声を上げて笑い始めた。

「ククク……フフフ……ハハハっ！　武田順平君、君はやはり、そういう男か……楽しいっ！　いや、これは楽しめそうだっ！　……クフフ。やはり普通ではない……あの迷宮相手に君がどこまでやれるか……これは本当に興味深いねっ！」

とはいえ、と神は陽気に崩していた表情を元に戻し、そして張りつめた顔へと変える。

「やはり……彼と言えども……早晩、迷宮の邪神の気《オド》を授かった魔物に呑まれるだろう」

が、しかし……と神は続けた。

「彼が復讐を行う前に、そうなるのは……あまりにもつまらない。僕は見たい。そう、見たいんだよ——彼が、かつてのクラスメイト達にどういう復讐をするのか。あるいは——」

一呼吸置き、心の底から、それを待ちわびているかのように、切なげな表情を作る。

「——あの世界で、既に人外の力を身につけた彼が、一般人相手に、どう動くのか」

そこで、神は掌をポンと叩いた。

「ふむ。そうか……もうすぐ彼はレベル１０００……だよな？　ならば、人外の者として、『蠱毒』の候補者になる事も出来る。そうであれば……僕と接し、そして僕が彼に干渉する資格も……ルール的にはセーフ……か」

そうして、神は何かを考え始めて、口元を楽しげに歪ませた。

「現在、彼はレベル８１８……レベル１０００まで、彼が人間を本当に辞めるまで……あと……もうすぐってところだな」

そして、少年は何もない空間の中で、どこに向かうでもなく、歩き始めた。

「——と、いうことで……とりあえず、彼の迷宮に赴こうかっ！」

The Dungeon Seeker

名前 武田順平

レベルアップ: 650 → 818

取得ボーナスポイント: 840

ステータス

職業: スキル・ハンター　レベル: 818

HP: 935　MP: 175

攻撃力: 255（順平の基本値：5）　防御力: 5
※サブ武器併用時：245

回避率: 3000

装備

メイン: 魔獣の犬歯（神話級）
※神殺しの属性付与

サブ: S&W M57　四十一口径マグナム（国宝級）
※弾丸の補充は魔力による。強化はなし

スキル

（スキルスロット残7）

◎鑑定眼（超級）

◎全状態異常耐性　◎解体（超級）　◎モンスター・テイム（初級）

属性

不死者の王

※体組織変性。不死者と同じく、その体液、血液、及び、肉が強烈な神経毒となる

使役魔

ピュア・スライム ×1500 → 250 → 500

パンデミック・スライム ×4500 → 0 → 15000

第八章　Sランク冒険者

狭間の迷宮、第七階層。

スライム達による死体の捕食と繁殖。一連の作業を終えた順平は、次の階層へ向かうべく最後の休息を取っていた。

彼が現在いる場所は、この階層の入口ではなく、出口の程近くだ。

不測の事態が起きても、すぐさまに次の階層に向けて離脱が可能なように、その場所を野営地としてここ一～二日を過ごしている。

現在、この階層は夜の時刻となっており、階層全体を照らしている不思議な光は完全に消え去っていた。

焚き火の火を頼りに、ステータスプレートを確認する。

――レベル８１８。

レベルアップのボーナスポイントが、順平の場合は上級職の三分の一という事を差し引いても、気が遠くなるような程の領域に突入しているのは明白だ。

大陸でトップの剣聖で概ねレベルが３００程度。

Ｓランク級冒険者の平均がレベル２００である事を考えると、そろそろ、外の世界であれば自分の力は最上位層に近いところにいるはずだ。

——あとは、この迷宮をクリアして……外に出るだけだ。そうすれば……奴ら全員を……

そこまで考えたところで、順平は何かを察して立ち上がった。

周囲を見渡し、軽く舌打ちを行う。

すぐに焚き火を砂で消して、その場から——六階層の入口へ向かって、忍び足で駆けだした。


——それは四人組の男達だった。

狭間の迷宮はかつてＳランクも含めた、尋常ではない数の冒険者を呑みこんできた。その悪名故に、ここ百年ほどほとんど新規のチャレンジャーが現れる事はなかった。

だがしかし、時と共に噂が風化していく事は良くある事だ。

そうしてつい先刻、ダンジョンの入口を潜った者達が現れたというのが現在の状況である。

金色の甲冑に身を包んだ金髪の優男。赤髪の大男、そして白髪の老人。

それはそれぞれ、聖騎士、竜騎士、大賢者と言い換える事が出来る。

残る一人――漆黒の魔剣を携える黒づくめの男が不平を漏らした。

「しかし、拍子抜けだよな。冒険者としての技量はSランク――各国の局地戦術兵器とまで言われる俺らが四人も集まったってのに……」

「確かに、一階層目から激戦を予想していました。それが魔物は一向に現れませんし……。まあ、確かに、おびただしい数量の死体はありましたが……」

溜息と共に、金の長髪の聖騎士は丁寧な口調のままに続けた。

「けれど……その死体からのアイテムの剥ぎ取りも出来ませんでした。恐らくは深層に向かった者が全てを剥《は》ぎ取っていった後だったのでしょう」

「お宝は……お預けって事か。高ランク冒険者の死体からなら……かなり期待できるんだが」

「ところで、深層域に――お宝を剥ぎ取った者がいたとしましょう。そこで、その者が生きていた場合……素直にこちらに渡さない場合も想定されます。その場合はどうするつもりで？」

「決まってんだろ？　殺して奪うんだよ」

魔剣士以外の、賢者、竜騎士も同意見のようで、大きく頷いている。

「じゃあ、宝を持っていない、普通の者に出会った場合は？」

「ここは治外法権だ……人間相手でも殺せばレベルアップは出来るんだぜ？　で、ここに立ち入った連中は……ほとんどが高レベルだ。そもそも外の世界じゃあ、強敵がいないから――俺らのレベルはこれ以上……上がりにくくなっている訳だ。そのために俺らは……って……皆まで言わせんなよ」

「本当に殺る気なんですか？　皆さんは、その件についてはどう思われます？」

白髪の老人──賢者は頷き、赤髪の竜騎士は首を左右に振った。

「──女なれば、殺す事は許さぬ」

黒一色に身を包んだ魔剣士が表情を変える。

竜騎士に詰め寄り、食ってかかった。

「どういう事だ？　みすみす膨大な経験値を捨てるとでも言うのか？　ってか、これ以上のレベルアップの方法がないから俺らはここに入ったんだろう？　さっきも言ったがここは治外法権だ。純粋な意味で、力こそが正義なんだぜ？」

そこで、竜騎士はおどけるように笑った。

「そう。ここは力こそが正義の場所……なれば、相手が女であれば、犯してから殺すという事」

そこで、聖騎士は腹を抱えて笑い始めた。

「いやー、揃いも揃ってクズばかりですね」

「あ？　クズだと？　テメェ……何か文句でもあんのか？」

すまし顔で聖騎士が応じる。

「私は貴方達と同行します。けれど、一つだけ譲れない事があるのです」

「譲れない事だと？　聖教会特有のくだらねえ戒律とか持ち出したら張り倒すぞ？」

いえいえ、と首を左右に振りながら、聖騎士は屈託のない笑顔で言った。

「女がいた場合……一番最初は私ですよ？」

そこで、一同の爆笑が響き渡った。

「ハハ、こいつはいいや。いやあ、とんだ聖騎士様もいたもんだな……オッケー、オッケー！　俺はそれで良いが……竜騎士の旦那、アンタはそれで良いか？」

「やむを得ないな」

「爺さんはどうだ？」

「そもそも、ワシはそっちの方面は現役を引退して久しい。好きにすればよかろう」

そこで、パンと魔剣士は掌を叩いた。

「これで、再度……全員の意思統一は整ったって訳だな」

それにしても……と聖騎士が周囲を見渡した。

「この迷宮は本当にどうなっているのでしょうか？　この階層にもモンスターが……存在していない？　Sランク級冒険者の四人……やはり大袈裟すぎる戦力だったのでしょうか」


――暗闇の中、入り口の安全地帯の近く。

樹木の陰に潜んでいた順平は深いため息をついた。

そして、彼は心の中で瞬時に冷徹な結論を下し、服に備え付けたホルスターから四十一口径マグナムを取り出した。

――ああ、なるほど。これは先手必勝で、殺さなければ……間違いなく自分が殺される。だって……こいつらは――木戸や紀子達と同じなんだ。

つまるところは――


――ゴミクズの類いだ……と。


拳銃を片手に順平は臨戦態勢に入った。

樹木から顔を少しだけ出して、連中の様子を窺う。

すると――彼等は入口付近の安全地帯の中で、野営の準備を始めてしまった。

焚き木に火を起こし、テントを張り、湯を沸かす。

しばらくすると、脂肪の弾けるパチパチとした効果音と共に、干し肉を炙る香ばしい臭いが一面に漂った。スープにパンに干し肉のステーキ。

――奴等……良い物食ってやがるな。

順平のところまで漂ってくる匂いには、仄《ほの》かな香辛料の香りが混じっていた。

中世ヨーロッパよろしく、香辛料はこの世界では貴重なはずだ。

コショウやトウガラシに似た香辛料は、同じ質量の黄金と同等で取引されていると順平はかつて聞いた事がある。

この世界に来てから、かなりの時間が経過している。

日本であれば、テーブルに一味唐辛子やコショウが置かれているのは当たり前で、ジャンクフードはじめ刺激物にまみれた料理が溢れていた。

思えば――香辛料の臭いを嗅いだ事なんていつぶりだろう。唾液が溢れ、胃が収縮を開始した。

――まあ、どの道……奴らの荷物は全部引き上げる。そう、何一つ残さずに俺が剥ぎ取るんだ……奴らが全部食う前に始末すれば俺の胃袋に収まる……これで、楽しみが一つ増えたな。

いつの間にか涎が垂れている事に気付いて順平は苦笑する。そして考える。

――彼我の戦力差。

一般的に、Sランク級冒険者のレベルの平均は２００前後。

その中でも更に規格外とされる者として、概ね３００前後。

そして、現在の自分のレベルは８１８。

単純計算で三倍以上となる訳で、レベルだけを見れば圧勝だろう。

だが、この場合、一つ問題がある。

――レベルアップボーナスポイントの、職業間格差。

通常職であれば、ポイントは10。

上級職でポイントは15――Sランク級冒険者は全員がここに該当すると考えても良いだろう。

順平は職業適性がないため、レベルアップ時のポイント取得が5ポイントと普通に比べて非常に不利となっている。

例えば通常職であれば、ポイントは10、あるいは上級職ならばポイントは15となる。

そして今、彼と相対しようとしているSランク級冒険者は全員が上級職に該当すると考えて良いだろう。

つまりは上級職の彼等と単純比較すると、順平が三倍のレベルでようやくステータスポイントの合算値が対等である事を意味する。となれば、圧倒的レベル差という優位性は消失する。

しかも、順平の場合は、歪なステータス構成となっており、普通に戦う分にはかなりやりづらい。

そしてなにより、普通の戦闘経験が絶望的に不足している。

ドロップアイテムのおかげで武器は恐らくこちらのほうが充実している。

その事を考えると、あるいは個人的戦力においては彼らを圧倒する事は出来るかもしれない。

けれど、それは――一対一という前提のお話だ。

対複数戦において、レベルの優位と武器の優位だけでは、真正面から事にあたるには――あまりにも心もとない。

だから順平は拳銃をホルスターにしまい、大きく深呼吸を行った。そして口元を引き攣らせて、普段使わない筋肉を使用する。
それはつまり――営業スマイルである。

「あ、どうもどうも」

人懐っこい笑みを浮かべながら、順平は四人のSランク冒険者達のほうに歩を進める。

確認したところ、光源は焚き火だけのようだ。

そこで一瞬だけ、作り笑いから本当の笑顔になったのだが、その事に冒険者達は気づかない。

彼らは順平に向けて、警戒と怪訝の色を見せる。

「それ以上近寄るな」

彼我の距離差は概ね十メートル程度。

黒づくめの男――魔剣士が手で順平を制した。

「お前は何者だ？」

「あ、俺っすか？　俺は運悪くこの迷宮に叩き落とされてしまって……どうにかこうにかここまで辿り着く事が出来たんですけど……如何せん一人旅じゃあ心もとないので……」

「俺らに同行したいと？」

「そういう事。お兄さん達強そうだしね」

「その場で少し待て」

そう言うと同時に、男達は小声で話を始めた。

「どうする？」

「とりあえず……奴が何者であるかの鑑定じゃな」

そう言うと、白髪の賢者の左目が光り輝いた。

――【測定の魔眼（達人級）】。

対人用のスキルで、相手のレベルを測定するという物だ。

そして、順平を見た瞬間、呆気にとられた表情で老人は口を開いた。

「あの少年……レベル８００以上……じゃと？」

「はは、爺さん、笑えねえジョークだ。今は冗談を言っている場合じゃねえよな？　で……冗談はさておき、奴の実際の力量はどんなもんなんだ？」

老人の顔色は青色を通り越して土気色に染まっていた。

「おい……マジ……なのか？」

「ワシは冗談は言わぬ」

状況を把握したのか、全員がその場で凍り付いたかのように固まった。

「レベル８００だと……単独で魔王を遥かに凌駕できるレベルじゃねーか」

そこで、聖騎士が割り込んできた。

「ひょっとすると、あの少年がこれまでの階層の魔物を屠って来たのかもしれませんね。それにしても……いきなり、不測の事態です……狭間の迷宮はひょっとすれば私達の手に余る……」

ともかく、と魔剣士は掌をパンと叩いた。

「あの少年を仲間に引き込もう。今後の道中で、役に立つかどうかを見極める。奴がいなければ攻略不可能と判断すれば、そのまま奴を用心棒として利用する」

「逆に、我々だけで迷宮の踏破が可能だと判断できたら？」

「決まってんだろ、あの少年を殺したら俺達は大幅なレベルアップが見込める。一旦仲間に引き込みさえすれば、幾ら相当なレベル差があっても、殺す方法はどうにでもなるだろう」

「寝こみを襲ったり、毒を食事に仕掛けたり……ですか」

「そういう事だ……奴の提案を受け入れよう。で……お前が一番、この中では人当たりが良い。とりあえず、お前が話をしてこい」

言葉を受けた聖騎士はコクリと頷いた。

重武装のプレートアーマー、カチャカチャと音を立てながら、聖騎士は順平に向けて歩き始めた。

そして、右手を順平に向けて差し出す。

「あ、提案を受け入れてくれるって事でいいんすかね？」

「こちらも人手が足りなくてね、今後ともよろしく」

「ああ、あとな……知ってるぜ――」

「知っている？　何をなんだい？」

「お前らが、何を考えているかって事くらいはなっ！」

順平も右手を差出し、そして——

——掌に仕込んでいたカミソリで、自らの親指に一センチほどの切り傷をつけた。

瞬時に溢れる血液。

神速——と表現すれば良いのだろうか。

順平のレベルアップボーナスポイント——その大部分を注ぎ込んだ回避力、それはつまり、完全に人外の領域に達している。まさに縮地としか表現できない程の——異常な敏捷性を見せたという事。

聖騎士は順平の右手の動きに反応できず、右手から飛び散った血液を、まともに両目に受けた。

途端に、聖騎士は両目を抑えて、その場にうずくまる。

そこで、深く溜息をついた順平は、元よりの作り笑いを更に歪ませ、凄惨な笑顔を形成させた。

「……う……目が……目が……体が……痺れ……て」

順平は拳を鳴らした。

——確かに、まともにやっちゃあ、テメエ等には及ばねえかもしれねえな。

——だが、俺は、俺を取り巻く全ての運命に対して……闘いを始めると……そう決めた時からこのやり方だ。

――才能に恵まれ、エリート街道を突き進んできた……お行儀の良いテメエ等に、俺の戦い方は理解できねえはずだ。そして……何でもありなら、不死者の肉を喰らった……俺の覚悟が負けるはずがねえっ！

聖騎士を見下ろしながら、順平は思う。

――こいつは、毒でカタに嵌めた。

残る冒険者達を睨み付け、その瞳に冷たい炎を宿らせる。

――さあ……残りは――三匹っ！　始めようか……泥仕合っ！

懐から血濡れの魔獣の犬歯――既に毒を仕込み済みのそれ――を取り出した順平は、紫電の速度で魔剣士に向かって駆けた。

亜音速の領域まで到達している彼の速度に、竜騎士及び賢者は反応すら出来ない。

……それはそうだろう。

そもそも、竜騎士は飛龍との連携で真価を発揮する戦術兵器的戦力である。

賢者も、一対一のような点ではなく、面を制圧するような――つまりは範囲魔法で戦場の一定面積を焦土にする運用が定石となっている職種だ。

近接戦闘に特化したステータスでもないのに、人外のレベルにまで到達している順平の動きが見切れる道理はない。

ジグザグに、反復横とびのような動きで、まずは魔剣士に対して距離を詰める。

そして、毒液塗れの犬歯を魔剣士の鎧、そこから覗く地肌に向けて突き出した。

が——相手も百戦錬磨の近接職。

順平の動きの全てを……目で追えた訳でもないだろうが、だがそれでも——ほとんど、勘だけで
魔剣士は反応する事に成功した。

下段から上段へ、突き上げるような切り返し。

漆黒の魔剣が、順平の肘から先を切り取る角度で突き上げられた。

それに反応した順平も、突撃の軌道を捻じ曲げて、直角九十度に横っ飛びに回避。

ズザザザザザ——地面を滑りながら速度を殺していく。

二十メートル程度地面を滑り、チィ、と順平は舌打ちを行った。

——流石に……真正面からだと……簡単にはいかねえか。

と、そこで、順平は首を軽く三十度ほど後方に向け、大きく目を見開いた。

「マジ……かよ」

そこには——巨大な火の鳥が舞っていた。

体長四十メートル、翼を合わせると、横幅は三百メートルに達するだろうか。

それは、炎系呪文の中で最高位に属する範囲魔法。

――エンシェント・ファイア・フェニックス。

その火の鳥が、こちらに向かって一部の隙もなく、回避の仕様もなく迫ってきていた。

横幅三百メートルの炎の壁――彼らSランク冒険者が圧倒的規格外と証明するに相応しい威力の炎だ。

これが戦場であれば、この一撃が有効に炸裂した時点で、四桁単位の一般兵士が消失し、戦の勝敗は概ね決定されるに違いない。

圧倒的熱量と、避けようのない範囲魔法が自らに迫りくる。

そして、思う。

――さあ、どうする？　武田順平……？　これは避けられない。絶対に避けられない……ならば――

そこで、順平はフェニックスの直線軌道からわずかに外れたところで観念して仁王立ちになり、眼鼻口を両手で塞いだ。

過ぎ去っていくフェニックス。

瞬時に灼熱に包まれ、ジリジリと……皮膚が、そして髪が溶けていく。

血管が沸騰したかのように熱くなり、意識が遠のいていく。

――やはり……多少逸らしただけじゃ無茶があったのか？

数秒程度――実際にその程度の時間だったのだが――順平にはそれが、無限のようにすら感じら

れた。

意識が完全に消え去りそうになったその時、体を覆う灼熱が消えた。

そして、次の瞬間には順平は再度走り始めていた。

――良し……乗り切った！　これが怖かったんだよ。この迷宮で……例えばドラゴンに遭遇したとする。直撃ならまだ諦めもつくが……ブレスの余熱程度でお陀仏なんて目もあてられねえからな。

――だから、俺はＨＰにある程度を振り分けた。読みの当たり外れ……そういった問題それ以前の……どうにもならねえ……範囲攻撃の対策に。

走ると同時に、彼は懐から四十一口径マグナムを取り出した。

パンっパンっ、パンっ、パンっ、連続して奏でられる、弾丸の射出される乾いた音。

狙う先は、魔剣士、竜騎士、賢者、全てに均等に二発ずつ。

――魔剣士は、漆黒の剣で、弾丸を切り落とした。

――竜騎士は、一部の体組織を竜人化させて、鋼よりも遥かに硬いウロコで弾丸を弾いた。

――賢者は、対物理の結界を形成させて、弾丸そのものを半径五メートル内に近寄らせなかった。

ふむ……と順平は思う。

一人くらいは、まあ、直撃しても良いだろうとは思っていたが――

――ともあれ。

これで、誰から殺るかの算段はついた。

とりあえず、竜騎士……あの防御力は面倒臭い、それ以外に感想が出てこない。

逆にいうと、賢者や魔剣士は、普通に四十一口径マグナムを、特殊な動作で防がざるを得なかったという事——つまりは、奴らはそれ程には硬くない。

ならば、と順平は駆ける歩調を更に早めた。

そして、当初の予定通りに、冒険者達には目もくれず——とある点に向けて、アイテムボックスを放り投げ、そのまま踵を返して体を反転。

一目散に逃走した。

そこで、賢者が声を荒らげた。

「アイテムボックスから——スライムじゃと!?」

そして、スライムの向かう先は、現在の一面空間の唯一の光源である——焚き火。

次々とスライム達が焚き火に群がり、その炎を、肉弾をもって消火していく。

刹那、夜の帳《とばり》が下ろされる。

突然のブラックアウト——冒険者達の反応に、数秒単位での空白の時間が生じる。

ヒュっと風切り音。

彼等からすれば何も見えぬ闇の中、竜騎士の悲鳴がその場に響き渡った。

「うぐああああ！」

それは、魔獣の犬歯が竜騎士の大動脈を丸ごと持って行った結果、発せられた声だった。

「……貴様……貴様……何故……この暗闇で……動ける？」

「まあ、最初から俺は片目を閉じていたからな。これを狙ってたからってのもあるがな……それ以外にも……」

そして、続けた。

「不死者ってのは……暗がりにいるもんなんだぜ？」

そうして、順平はその場を離脱し、暗がりの中、遠目に見える残り二人の冒険者の観察を始めた。

――残り二人。


完全な漆黒。

響き渡る竜騎士の悲鳴。

そこで、半ば悲鳴に近い声で魔剣士が叫んだ。

「ジジイ！　流石に俺でも、暗闇ではヤツの速度には対応できんっ！　範囲魔法で周囲を照らせ！今すぐにだっ！」

魔剣士の怒声が響き渡り、これまた怒声のような調子で白髪の賢者が応じた。

「言われるまでもないっ！」

と、そこで――ドサっと……白髪の老人が崩れ落ちる音が闇に響いた。

「そう、言われるまでもない事だ。言われるまでもなく、この場で一番……速度が速い俺が、暗闇での視界というアドバンテージを手放すはずもない。つまり――ジジイの好きにはさせないって話だな」

順平の言葉が魔剣士に投げかけられた。

既に、この階層で自由に動けるのは順平と魔剣士だけ。

聖騎士は毒血液で目を潰され、言葉にならない声で少し離れた場所で悶絶している。

良い感じに神経毒も効いて来たらしく、白い泡を吹いて、ビクンビクンと時折のけぞっていた。

竜騎士は体表を竜化させる暇すら与えられず、完全な暗闇での不意打ちで大動脈を切り裂かれている。

脳と心臓に毒が回りきってしまっており、意識は既にない。放っておいても絶命までそれほどかからないだろう。

そして、老人――賢者もまた毒と魔獣の犬歯で、手首の血管を斬られた。

元より、体力に秀でた職業でもない故、その効果は覿面《てきめん》だった。

仰向けに倒れると同時、顔色が紫色に染まり、涎を垂れ流し、グルンと目玉が白目を剥いた。

「ってことで、残るはお前だけだぜ？　魔剣士さんよ」

「……」

しばしの沈黙。

そして、呆れるように魔剣士は笑った。

「不意打ち、闇討ち、そして毒……全く……ここまで徹底されれば笑いしか出てこないな……本当に汚ねえ野郎だ」

「ハっ。殺す殺される。奪う奪われるの局面に……正々堂々、あるいは悪辣卑劣ってか？　そんなもん……一切……そこには介在する余地はねーだろう？　ただ、そこにあるのは勝利、あるいは敗北だ……違うかい？　そう、命も含めて……奪うか奪われるか……。ただそれだけだ」

「……とはいえ、俺らも百戦錬磨。ダーティーなプレイにも耐性はあるし、俺ら自身も汚い事は出来るんだ。でも、そんな俺らが……どうして俺らは……お前に良いように……やられたんだ？　そこが納得がいかねえ」

しばし考えて、順平は笑った。

「お前らは力がある。見栄もあれば名誉もあるんだろうよ。外では規律ある正規軍に務めてたりするんだろう？」

「概ね、その通りだな。だが、戦場では俺達も何でも有りの乱戦になる事もしばしば……」

「そう。その結果……汚い戦法をとる事もあるんだろうよ」

「……何が言いたい？」

「俺は、お前達とは違う。この迷宮では俺は弱者だ。だから俺は最初から……まともに戦うつもりなんてねーんだよ」

「まともに戦うつもりがない……だと？」

順平は大きく頷いた。

「要は——最初から俺は、お前等を嵌めるつもりで動いてたんだよ。正攻法を選ぶ気なんて最初からない。考えられる限りで一番汚いゲスな手法を選ぶつもりだったからな。つまり、俺はお前達と同じ土俵で戦うつもりなどハナからない……俺はこれを戦いだとすら思っちゃいない。けど、お前らはあくまでもこれは戦闘だと考えている」

そして、続けた。

「その差は大きいぜ？」

なるほどな、と魔剣士は深く溜息をついた。

「確かに……お前は器用な男のようだ。だが……ある意味では……不器用な男のようだな、お前は……」

「ハァ？」

「まだ、お前は十代半ばだろ？　一体……どうすればそんな風に育つのかは分からないが……お前は極端だと言っているんだよ」

「お前らに言われたくはねえがな。レイプとか殺してでも剥ぎ取りとか……聞こえてたぜ？」

「そういう問題じゃあないんだよ。俺らのそれは欲望という意味では正しい。ただ……お前の場合は……」

まあ良い、と順平は魔剣士を手で制した。

「で、この状況をお前はどう考える？　魔剣士さん？」

「俺もそれなりの実力者だとは自覚している。先刻のお前の動きと、そして所有している武器を見れば分かる——一対一ならこちらに勝ち目はない」

そして、魔剣士は漆黒の魔剣を順平に向けて構えた。

——正眼の構え。

決死の覚悟で自分を見つめてくる黒づくめの男に対して、順平は腹を抱えて笑い出した。

「勝てないのに、やるってのか？　あんたは？」

「それでも俺は……根っこのところは武人なんだよ。恐らくここが人生の最期……そうであれば、子供の時の……純粋に強者に憧れたあの気持ちを大切にしたい。ようやく、この暗がりに目も慣れた——勝てぬまでにも、お前に深手の一つは——」

と、そこで魔剣士はフラリと立ちくらみのように頭を前後させる。

そして、重度の貧血の症状のように膝をカクリと折り曲げて、その場に跪いた。

「……な？　何が……起きて……」

パンっと順平は大きく両手を叩いた。

「だから言ってんだろうが。最初から俺はお前等をまともに相手にする気はねえってな」

「……カハっ？　クッ……なんだ……これ……は」

「俺が先ほど、焚き木の消火に利用したのはパンデミック・スライムだ。体内に最悪のウイルスを大量に飼っていて——まあ、焼けば……色々とヤバイ成分も、そりゃあまあ、出るだろうよ」

うぐっ……と、苦痛に顔を顰める。

甲冑の上から肺をかきむしるようにもがく魔剣士。

が、甲冑が邪魔をして——そもそも、肺を直接にかきむしる事など出来ないのだが——彼の爪は金属の上を滑るばかり。

ってことで……と順平は拳銃を取り出して、倒れる魔剣士の頭に照準を合わせた。

「経験値。ごちそうさまでした」


そして数分後。

Sランク級冒険者の完全解体を終えた順平は深いため息をついた。

・竜人化（達人級）——防御力を瞬間的に四倍にブースト
・白魔法（達人級）——蘇生は出来ない程度（あくまでも癒し手なので、他人限定）
・黒魔法（達人級）——半径数百メートルの範囲魔法を行う程度
・剣術（達人級）——後《ご》の先《せん》を極めた程度

・神の守護（達人級）――――――防御力と攻撃力を戦闘時に一・五倍にするパッシブスキル
・モンスター・テイム（達人級）――飛龍を操れる程度

「何もかもが……使えねえ……。だから、まともにこっちは闘う気はねえってつってんだろ……残数のあるスキルスロットをこんなもんで使える訳がねえ……ただ……ジジイの装備はなかなかだな、いや、むしろこれは僥倖《ぎょうこう》だと言って良い」

吐き捨てた後、彼は次の階層へと続く階段に向かった。

ただ一つ。

微かな違和感が、彼の胸の中に渦巻いていた。

――毒無双が上手くいきすぎている。

いいいいいいいいいいいい、

実際……彼はただのゾンビの肉を喰らった訳ではない。

喰らった肉はノーライフキングの肉な訳で……だからこそ、ケルベロスにすらも通用した毒性だとは思う。

けれど。

この迷宮で、自分と同じ事をやった人間が、どうしていないと言い切れるのだろうか。

【鑑定眼】と、【全状態異常耐性】のスキルさえあれば……このハメ技を思いつくのは、割とハードルが高い物ではない。

そこで、更に彼は考える。

確実に、自分と同じ道を歩んだ者は、過去にいたはずだ。そして、その連中も狭間の迷宮をクリアするべく深層に向かっていったはず。

絶望的な数字を再度、彼は思い出した。

そう。

その上で——生還者はゼロなのだ。

The Dungeon Seeker

名前 武田順平

レベルアップ： 818 → 908

取得ボーナスポイント： 450

ステータス

職業：	スキル・ハンター	レベル：	908
HP：	1385	MP：	175
攻撃力：	255（順平の基本値：5） ※サブ武器併用時：245	防御力：	5
回避率：	3000		

装備

メイン： 魔獣の犬歯（神話級）
※神殺しの属性付与

サブ： S&W M57　四十一口径マグナム（国宝級）
※弾丸の補充は魔力による。強化はなし

マント： 身かわしの羽衣（賢者装備）
※基礎回避率に常時1.5倍のパッシブ

スキル

（スキルスロット残7）

◎鑑定眼（超級）

◎全状態異常耐性　◎解体（超級）　◎モンスター・テイム（初級）

属性

不死者の王

※体組織変性。不死者と同じく、その体液、血液、及び、肉が強烈な神経毒となる

使役魔

ピュア・スライム ×500

パンデミック・スライム ×15000

第九章　古代の大樹

半径二十キロメートル程度の空間。

この階層は緑が茂る自然豊かな階層だ。少量ではあるが動物もいるし、魔物もでない。

樹木を通過したヒカリゴケの光——昼下がりの木漏れ日が心地良い。

森林の中、陽だまりの椅子に腰かける俺は、突然現れた少年に向けて陽気に語り掛けた。

「ハッハー！　兄弟！　よくぞここまで辿り着いたな」

目の前の小柄な黒髪の少年。

何かこいつには懐かしい物を感じる。

そう――こいつは……日本人だ。見た目だけじゃなくて、立ち振る舞いや漂う雰囲気で分かる。

こいつは間違いなく日本人だ。

俺も日本から異世界にトリップして何年経つんだろうな……そんなこんなで、久しぶりの故郷の香りに、俺は涙がちょちょぎれそうなわけよ。

「その喋り方……お前が……オッサンなのか？」

「おいおい、オッサンって言い方はよしてくれよ。これでも二十五歳なんだぜ？」

固まった。

少年が固まった。

そして明らかに表情を崩した。

確かに俺は昔から、オッサン顔と口調のせいで年相応には見られなかったけどさ……

ってか、おい待て少年。

少年の表情は物凄い……引いたような表情だ。ギョっという擬音がピッタリくるような、そんな感じ。

おいおい……そこまで、俺の実年齢でドンビキせんでもええがな……

関西弁交じりに、心の中で溜息をついた。

「ってか少年よ、よくまあ……ここまで深部に辿り着いたもんだな……」

そこで、少年は周囲をキョロキョロと見渡し始めた。

「ああ、オッサンも知っての通り、とんでもない道中だったよ。で……ここは……？」

「お察しの通り、階層全体が安全地帯となっているんだよ。お前さんも食人族の村で見ただろ？

あれと同じだ」

「……」

「ってことで、そいつをしまってはくれないか？　ここにはモンスターなんていやしないぜ？」

が、少年は先ほどから手に持っている拳銃をしまおうとはしない。

出会い頭からずっと周囲を窺っているし、張りつめた表情を崩しもしない。

まあ……無理もないかと思う。

なんせ、これまで、いくつもの死線を潜って来たのだろうし、これくらいの警戒心がなければ到底生き残る事も出来なかっただろう。

と、そこで俺は少年を安心させるために人懐っこい笑顔を作った。

俺はこの階層に定住する事に決めているが、この階層を過ぎ去っていった他の冒険者達よろしく――彼もすぐにここを出立するだろう。

で、先輩としては手ぶらで行かせるって訳にもいかない。

ここで友好関係を築いて、飯と酒くらいは振る舞ってやりたい。

まあ……基本的に、俺は人の良い兄ちゃんなのだ。

「少年よ。なんだよ、張りつめた顔しちまってさ」

「生憎、酷い道中と人生でね……人間不信も極限状態なんだよ」

そこで、俺はうんと頷いた。

「良し、それじゃあ、ノロケ話をしてやろう」

「ノロケ話？　突然何の話だ？」

胡散臭げに、少年は俺の瞳を窺うように視線を向けてきた。

そこで、俺はヒュウと口笛を吹いた。

「そうだ。とある冒険者が、地獄の迷宮で妖精と巡り合い、そして恋に落ち、自給自足を始めて、幸せにとある階層で安住するまでのストーリーだ」

つまり……と続ける。

「要は俺の事なんだがな！」

ああ……と、そこで少年は何かを察したかのように頷いた。

あっ……こいつ……くくく……と俺の口元は歪んだ。

何故なら、少年の瞳に悲哀の色が混じったのだ。

――こいつ……童貞だな。女の話で嫉妬しやがったな？

うん、分かる。分かる。

俺もそうだったからな。この階層にくるまで……俺もそうだったからな。

だが、バカップルの話ってのは笑いに転化しやすいんだ。

口が開けば、笑みとなる。

笑みとなれば、心が開く。

心開けば——股開く。

女を落とすセオリーだが、これは男にも通用する。

笑いってのは全てに共通するコミュニケーションツールだ。

どうしても少年を……上手い飯とフカフカのベッドでもてなしてやって、心身共にリフレッシュした状態で次の階層に送り出してやりたい。

そんな俺としては……こいつを笑わせなくてはならないのだ。

と、いうことでノロケ話は続行するぜ！

「で、まあ、さっきの話で分かったとは思うが……ここには魔物はいないが、精霊ドリアードがいるんだ。まあ、俺の嫁なんだけどな」

そこで、少年は左手を指さした。

「あそこの小屋に……ドリアードってのがいるのか？」

ああ、と頷きながら話を続ける。

「凄い別嬪《べっぴん》さんだぜ？　無理ゲー状態だった迷宮攻略に疲れた俺に……全てを諦めさせてここで暮らす事を決めさせるくらいにな」

「なるほど……ね。で、オッサンは今、幸せなのか？」

「ああ。綺麗な嫁さん、美味い飯、自然に囲まれて……俺は最高に幸せだぜ。なんせ、ドリアードと俺はいつでも心がつながってるんだからな」

「心だけでもなさそうだけどな……ところでさ……オッサン？」

「ん？　なんだ？」

「触手……耳に入ってんぞ？」

触手？

何の事だ？

「触手？　しょく、しょ、しょく、しょく、しょくsgほ、ショクシュ？」

「……口にも細いのが何本か、あと……鼻にも……」

視界が急に真っ赤に染まっていく。

頭がグニャリと歪んでしまい、思考が出来ない。

考える事が出来ない。

少年の発した言葉が急に理解できなくな、りかんしょ、しょくしゃ、そりかい。むり、りか、りかいりりりっりりかい。

すぺぺぺぺぺぺ。

対処不能。

理解不能。

認識と現況に差異が生じました。

精神汚濁の著しい進行の可能性が生じました――保護要請。

精神汚染修正術式作動を要請します。

――要請了解。


…………


視界が急に戻っていく。

階層を覆うヒカリゴケの光が、妙に眩しく感じる。

何だか、寝起きのような……何というか……今、一瞬……意識が飛んだ気がしたが……まあ、貧血か何かだろう。

「で、何だっていうんだ?」

スマイルと共に、俺は少年に尋ねた。

「オッサンは何で樹木に触手で絡みとられちまってるんだ？　で……本当に二十五なのか?」

「絡みとられる……?　俺は……確かに二十五だが……」

「分かってはいた事だが……本当に自覚……ねーんだな。体を触手で宙に吊られて、穴という穴に管と触手を突っ込まれてんじゃねえか……」

「……？」

「自分の掌も見えねーのか？　尿道にも細いのが入ってんぞ？　精気を吸い取られて……シワクチャの老人みたいになってんじゃねーかよ……」

「……？」

そうして、俺は自分の掌を確認してみた。

軽く茶色がかって、水分を失い、なるほど確かに老人の手のようだ。

そこで俺は自分が全裸である事に気付いた。

そして、地面から軽く浮いている事を。

否……樹木のツルのようなモノに巻きつかれ、そして宙づりとなっている事を。

宙づり……ドリアード……精気……奪われ……肌、体……もう元には戻れ……戻れない。

戻れ、もどれりしょくしゅきもちきもちきもちいいよめ、しょくしゅおれのよめきもちいきもちきもちり、そりかい。むり、りりりっ。

すぺぺぺぺぺ。

対処不能。

理解不能。

認識と現況に致命的な差異が生じました。

――被寄生者の精神汚濁を防ぐために、意識の強制シャットダウンを要請します。

…………………

……………

……

――そうして、俺の意識は完全に暗転した。

▼　▼　▼

――数刻前。

Sランク級冒険者相手に勝利を収めた後、順平は次の階層へと足を踏み入れた。

そこには湖を中心とした大森林が形成されていた。

緑が深く、小鳥のさえずりが響き渡り、ヒカリゴケの光量も強い。

時折、鹿や猪が顔を見せる事もあり、外の世界の山林と大して変わらないような状況だ。

これが夏場の日本なら、キャンプ地として……休暇を楽しむ家族連れがバーベキューを楽しんでいる光景がそこかしこに見えるだろう。

実際、平和な景色だな……と、いうのが、順平の素直な感想だ。

そして何より、一面に飛び交う、薄い銀色の粒子。

食人族の階層の時に見たものと、それはほぼ同質のように見える。

――階層自体が安全地帯。

そう、だからこそ、鹿や猪が存在するのだろうとも、考える事は出来る。

補足するのであれば、食人族の階層では、食物連鎖を行おうにも、人間以外の虫、動物が存在しなかった。

そうして、この階層には――それがあったのだと。

そういう風に順平は、この階層の自然環境について思いを巡らせながら、湖畔を歩いていた。

ただし、臨戦態勢は常に崩さない。

安全地帯だからと言って、危険がないとは言い切れない――否、油断しているからこそ、雑魚に足下をすくわれる可能性がある。

強敵に立ち向かう時よりも、今現在の、一見……平和そうな光景のほうがよほど恐ろしいと……

順平はそう思い、以前の経験を反芻し、苦笑いを浮かべた。

そうして。

彼は見た。

森の中、ほったて小屋のほど近く。無数の管と触手に覆われた、大樹に吊られる全裸の老人を。

その男は文字通り――体中の穴という穴に、管と触手を突っ込まれていた。

全身の皮膚は、ミミズ腫れ――恐らくは、触手から体内に浸食した細い根のようなものだろう――に覆われていた。

体内に張り巡らされた根の影響か……うっ血したかのように、全身の皮膚表面が紫色に染まっている。

そして、男の肌からは水分が失われており、皺くちゃのそれは寝たきりの八十代以降の老人みたいで――半ば精気が失われているようであった。

耳から突っ込まれた触手は、脳内に侵入。そして頭頂部から内部を巡り、肌を破って至るところから突き出ていた。

頭蓋骨から露出した脳を見る限り、脳内も細い根でビッシリと覆われている。

そこで、順平は……ああ、と諦めたかのように頷いた。

仮にここが日本だとして。

どのような外科手術が行われたとしても、この男は絶対に助からないと。

何故なら、この男は、大樹に浸食、あるいは寄生されているというよりも、既に大樹と同化しているのだ。

吐き気を抑えつつ、順平は更に男を観察する。

排泄器官からは糞尿が垂れ流しとなっているらしい。太股にこびりついた茶色い絵の具のような乾燥した物体と――地面にこんもりと積み上げられた蝿のたかる糞便の腐ったモノ。

そして、その耐えがたい悪臭の中で——吊られた男は恍惚とした表情で笑っていた。

「おいおいドリアード。お前も好きだなぁ……毎日毎日、そんなに迫られたら精気が抜かれて……本当にミイラになっちまうぜ？　俺はもうヘトヘトなんだよ」

吊られたままの男が、ニヤケ面と共に舌なめずりを行った。

そうして、男の手がまず動き、次にその腰が微かに動いた。

カクカクカクカクと、動いているのかいないのか、そんな腰のストロークの後……男は尿を排泄した。

はたして、その尿に、目を凝らして見なければ気づかないような——枯れた老人の発する、最後の一滴……淡く白いモノが混じっていた事に、順平は気づけたのだろうか。

「おい……お前……？」

順平がそう呼びかけると、突然男の瞳に生気が宿り、涎を垂らしながら、白目を剥く。

「ハッハー！　兄弟！　よくぞここまで辿り着いたな」

細い管が涙腺に幾本も突き刺されて充血した白目の中、黒目だけがギョロリと動き、ランランと輝いている。

これまた、ヌメヌメとした粘液に覆われた、大小の触手が出入りする口を大きく開き、過剰ともいえるような大きな声で、精一杯男はそう言ったのだ。

「その喋り方……お前が……オッサンなのか？」

「おいおい、オッサンって言い方はよしてくれよ。これでも二十五歳なんだぜ？」

恐らく……この男は、現況を全く把握していない。

順平は、その場から動けなかった。

……遂に、この時が来た……と順平は思ったのだ。

今まで、自分にヒントを与えてくれていた手紙の主。

彼は逃げ回っていてばかりで……いつかは、こうなるだろうとは思っていた。

あるいは、白骨体とのご対面。

あるいは、いつの間にか、メモが消える。

はたまたあるいは、お互いに生存した状態での奇跡的な出会い、そして……共闘。

そう、共闘もありえたかもしれない。半ば人間不信に陥っている順平でも……あの手紙の主となら、と思わないでもなかった。

けれど。

恩人は最早……異形と化している。

色々と想定はしていたが――考えうる限りで、最悪の状態で、二人は出会ってしまったらしい。

あまりの事態に、順平は男を直視できなかった。

「ってか少年よ、よくまあ……ここまで深部に辿り着いたもんだな……」

周囲を見渡しながら順平は男に問いかける。

「ああ、オッサンも知っての通り、とんでもない道中だったよ。で……ここは……？」

「お察しの通り、階層全体が安全地帯となっているんだよ。お前さんも食人族の村で見ただろ？あれと同じだ」

そして周囲を注意深く確認すると――この一角だけ銀の粒子が存在しない。

続けざま、ボトリ、と、男の肛門から糞便が排出される音。

もう、順平はどうして良いかわからなかった。

「……」

「ってことで、そいつをしまってはくれないか？　ここにはモンスターなんていやしないぜ？」

と言われて……武器をしまえる訳がない。

明らかに――男は、危険な生物に何かの処置を施され、そして誰の目から見ても明らかな――アウトの状態に陥ってしまっているのだから。

「少年よ。なんだよ、張りつめた顔しちまってさ」

「生憎、酷い道中と人生でね……人間不信も極限状態なんだよ」

「良し、それじゃあ、ノロケ話をしてやろう」

「ノロケ話？　突然何の話だ？」

そこで、男はヒュウと口笛を吹いた。

「そうだ。とある冒険者が、地獄の迷宮で妖精と巡り合い、そして恋に落ち、自給自足を始めて、幸せにとある階層で安住するまでのストーリーだ」

つまり……と男は続ける。

「要は俺の事なんだがな！」

ああ……と、そこで順平は全てを察したかのように頷いた。

――色仕掛けでやられやがったな……この馬鹿……と。

そうして、今も夢と幻想を彷徨い、ご機嫌な妄想の世界に生きている……と。

知らぬは本人ばかりなりという言葉があるが……と順平の頭痛は止まらない。

「で、まあ、さっきの話で分かったとは思うが……ここには魔物はいないが、精霊ドリアードがいるんだ。まあ、俺の嫁なんだけどな」

そこで、順平は左手を指さした。

「あそこの小屋に……ドリアードってのがいるのか？」

「凄い別嬪《べっぴん》さんだぜ？　無理ゲー状態だった迷宮攻略に疲れた俺に……全てを諦めさせてここで暮らす事を決めさせるくらいにな」

溜息交じりに順平は尋ねる。

当然の事ながら、小屋の方角に、全神経を研ぎ澄ませ、いかなる危険の察知も逃すまいとする事は忘れない。

「なるほど……ね。で、オッサンは今、幸せなのか？」

「ああ。綺麗な嫁さん、美味い飯、自然に囲まれて……俺は最高に幸せだぜ。なんせ、ドリアードと俺はいつでも心がつながってるんだからな」

「心だけでもなさそうだけどな……ところでさ……オッサン？」

「ん？　なんだ？」

ともすれば、順平の瞳に涙が溢れそうになる。

何だかんだで、彼は少し前まで普通の高校生だった。

心細い迷宮の中で……ふざけた調子の、ユーモアを忘れない彼の手紙。

ただ、手紙を読むという、そんな一方的なコミュニケーションだったけれど……生還のヒントという直接的なものは確かにあったけれど、それ以外……心の癒しという意味で、彼に救われた面が少なからずあった。

でも、それももう終わりだ。

彼が……悪い夢を彼が見続けているのなら、それを覚ましてあげるのは自分の役目だろう。

助けられるものなら助けたい。でも……もう、手遅れなのは明らかだ。

なら、介錯《かいしゃく》してあげるのも自分だろう。

そう思い、覚悟と共に順平は口を開いた。

「触手……耳に入ってんぞ？」

「触手? しょく、しょ、しょく、しょくｓｇほ、ショクシュ?」

「……口にも細いのが何本か、あと……鼻にも……」

一瞬、男は瞳を閉じ、完全に活動を停止する。

そして、痙攣。大きく手足を動かす。

体全体が揺れる。

触手に吊られた――触手のゆりかごの中で、男は体を大きく動かす。

舌をレロレロと、唾液を一面に飛び散らせ、そして体を仰け反らす。

ビクビクビクビクビクビク。

強烈な電気ショックを受けているかのように、何度も何度も痙攣する。

「すぺぺぺぺぺぺぺぺぺぺぺ」

嫌に甲高い、舌を振動させて発生させている不快な音。

そして、不快音を止めると、再度、男は白目を剥いて、唾を吐き散らしながら口を開いた。

「で、何だっていうんだ?」

静かな口調、冷静な口調。

それに似合わぬ、充血した白目。

引き攣った笑みに、垂れる涎が良く似合う。

「オッサンは何で樹木に触手で絡みとられちまってるんだ？　で……本当に二十五なのか？」

「絡みとられる……？　俺は……確かに二十五だが……」

「分かってはいた事だが……本当に自覚……ねーんだな。体を触手で宙に吊られて、穴という穴に管と触手を突っ込まれてんじゃねえか……」

「……？」

「自分の掌も見えねーのか？　尿道にも細いのが入ってんぞ？　精気を吸い取られて……シワクチャの老人みたいになってんじゃねーかよ……」

「……？」

そうして、男は自らの掌を確認するような仕草を見せた。

一瞬、男は瞳を閉じ、完全に活動を停止する。

そして、再度、痙攣。

ビクビクビクビクビクビクビク。

強烈な電気ショックを受けているかのように、何度も何度も痙攣する。

「すぺぺぺぺぺぺぺぺぺぺぺぺぺ」

しばし固まり、男は笑い出した。

「ひゃ、ひゃ、ひゃひゃひゃひゃはやひゃああああはやはやはやああああああああ」

そうして、しばらく痙攣すると……男は瞳を閉じ、完全に活動を停止した。

動きを止めた男から視線を外し、順平は――彼を吊っている樹木に視線を向けた。

高さは現代日本で例えるなら十階建てのビルくらいあるだろうか、幹の太さは直径にして十五メートルはありそうな気がする。

そこで、順平はアイテムボックスを呼び出した。

食人族の村で可燃性の油は大量にストックしておいた。

このまま、大樹をいくらか刺激して、反撃がなさそうなら、男ともども、全てを灰に帰そうと考えたのだ。

拳銃の引き金を引くという方法もあったが、弾丸が対象に命中すれば、空気の振動というか、あるいは第六感というか……ともかく、スカった時と比べ、確かな手ごたえという物があるものだ。

その場合の手ごたえとはつまり、無抵抗の、この状態の男の命を自らが奪ったという事で、その生々しい感触をダイレクトに受ける事になるという事。

確かに、順平はこの迷宮で色々な経験と覚悟もしたが――それでも、自分から、一般的な人間が嫌うだろう事を、好き好んで行うような悪趣味になった訳ではない。

ただ、吊られた男を介錯しなければならないのは事実だし、彼の経験値と有用なスキルを無駄にする訳にもいかない。

やる事は、きっちりとやらねばならないのだ。

けれど、どうせやるなら、直接的によりも、間接的に……その方が精神衛生上、幾らか都合も良い。

さて……と、順平は取り出した油壷の、革製の蓋を開いた。

ガソリンや、あるいはエタノールの刺激臭にも似た、独特の臭い。

それが彼の鼻孔をくすぐった時、近くの小屋から一人の少女が姿を現した。

——森の妖精ドリアード。

腰まで伸ばした金の絹髪に、微かに茶色がかったきめ細かい肌。

年齢は十五歳程度で、大人の女——その妖艶性と、子供ながらの無邪気さと清楚さを併せ持った、あるいはそれらが芸術的なまでに融合した——絶世の美貌の少女だった。

純白のワンピースをまとった彼女は、順平にゆっくりと近寄ってくる。

そこで、パンっと乾いた音。

ドリアードの足下の土が弾ける。彼女は全身をビクっと震わせた。

硝煙の香りが周囲に立ち込め、順平は拳銃の照準を彼女の足下から眉間に合わせ直した。

「それ以上……俺に近寄るな。で、お前がオッサンを嵌めたドリアードってので良いんだよな?」

「……そう。あなたの認識で正解」

彼我の距離は十五メートル程度。

小さく、気弱な風にすら思える、ドリアードの声色。

閉口した順平は、苛立ったように声を荒らげた。

「もっとでかい声で喋れ。聞こえねえーんだよ」

うんと頷き、ドリアードは言った。

「……把握した」

先ほどよりはまだマシだが、それでも小さい声色。

諦めたかのように首を左右に振り、順平は尋ねた。

「で、お前がオッサンを嵌めたんだな？」

しばし押し黙り、ドリアードは言葉を選ぶかのように、慎重に語り始めた。

「私はドリアード……あの大樹に宿る精霊。私は……あの大樹から精気を得る事によって生を紡いでいる。そして私はあの大樹のために、栄養素……精気の素を提供する。それが私の存在意義。私と大樹は……そういった共生関係にある」

「……で？」

「あの吊られた男は、私が籠絡した。人間の精気は上質。大樹はとても喜ぶ。丁寧に扱えば二十年程度の栄養源にもなる」

「……栄養源ね」

「そう。人間は貴重な栄養源。だからこそ私の容姿は人間に対して、最適化されるように今現在は調整されている」

「調整？」

コクリと、ドリアードは頷いた。

「スキル【擬態（超級）】。元々、私は【擬態】を行わなければ、貴方達の尺度からすると、樹木の化け物にしか見えない」

「なるほど、そいつは便利なスキルだな」

それはそうとして、と、順平はドリアードに詰問した。

「何で事の顛末のあらいざらいを俺に全部ぶちまける？　見たところ嘘をついているフシもねえし……お前の要望――お前が持っていこうとしている結論は何だ？」

「……話が早そうな人間で良かった」

そして、哀しげに続けた。

「……私はドリアード……とても、力弱い種族」

先ほどから順平が、彼女に大して高圧的な態度に出ているには理由がある。

それは彼女の言葉にもあったように、次の通りの鑑定結果が出ているというのが理由だ。

【ドリアード】
危険指定▼▼▼　D
特徴▼▼▼　木の精霊。本来の見た目は樹木を擬人化……というよりは、木に手足が生えたような化け物。【擬態】のスキルのおかげで見目麗しい少年、あるいは少女の姿をしている事が多い。容姿を最大限に利用して、人間を誘惑し、あるいは籠絡する。親密な関係を持った後、催淫・錯乱の効能を持つ分泌液を大量に対象に摂取させ、完全なる虜にさせる。そうして、大元となる樹木に対象を捧げ、その栄養とさせる。生態は食虫植物に近く、大元の樹木が主たる存在であると考えられる。その大元の樹木の、外界への折衝・狩猟役として、ドリアードと呼ばれる存在が形成された。ある意味ではドリアードとは、樹木の一器官と考えるほうが近いかもしれない。

【古代種の樹木】
危険指定▼▼▼　E
特徴▼▼▼　単体では必要な栄養を摂取する事は叶わず、ドリアードを使役して食虫植物さながらに獲物を狩っている。普通の樹木と同じく、外敵に対する反撃の手段は持ち合わせていない。ただし、狭間の迷宮に蔓延する邪神の気の影響は受けており、その経験値は計り知れない。その意味では、冒険者からすると美味しすぎる魔物だろう。

「力弱い種族か……だろうな、【鑑定眼】でもそんな感じだ。危険度DとE……笑っちまうような雑魚だな」

「……そう。だから、私は全てをあなたに打ち明けている」

「つまり？」

「……見逃して欲しい」

順平は首を左右に振って溜息をついた。

「その真意を問う前に、確認させてもらいたい事がある」

「……何？」

「何故、俺を騙して取り込まない？　あるいは、その努力をしなかった？」

「……最初に、騙された結果を目の当たりにした者を、その上で騙せる技量は私にはない。それに……」

「それに？」

「……私達は多くの獲物を望まない。根腐れという言葉もあるとおり、水分も栄養も……過剰であれば毒」

「まあ、人間でも肥満は良くはねえわな。で……俺はお前の危険度――力量は知っている。なおかつ……経験値もな」

そこでだ、と順平は首をコキリと鳴らした。

「今まで、ここに他の冒険者は現れたよな？　取り込まなかった奴らは良いとして、取り込めなかった奴らもいたはずだ。だったら……そいつらに対して、お前はどう切り抜けたんだ？」

「……それは」とドリアードが口を開きかけたところで、順平は彼女を手で制した。

「いや、少し、話が具体性に欠けたな。それじゃあ、こう尋ねようか？」

そして、続けた。

「お前は俺に見逃してもらう見返りに……俺に対して何を用意する？」

拍子抜けしたかのような、少し驚いたような表情をドリアードは作った。

「……同族にここまでの仕打ちを行った私に……善悪の二元論を語る気すらなく、単刀直入。これは本当に話が早くて助かる。それで……貴方、【鑑定眼】を持っているのね？」

「ああ。一応……超級だ」

そうして、彼女は懐から青色に光り輝く小石――あるいは、宝石と形容すべきような石を取り出した。

「……これはドリアードの涙」

「……？」

「【鑑定眼】を持っているなら話が早い。これは死んでさえいなければどんな傷すらも癒す。この分量で……致死性に近い傷から四回は復活できる」

ああ、と察したかのように順平は頷いた。

「それをこちらに放り投げろ。ゆっくりとだ。急な動作や不審な動作を行った場合は、眉間をぶち抜く」

順平の指示通りに、ドリアードはゆっくりと小石を順平の眼前一メートルの位置に放り投げた。

【鑑定眼】を発動させて、順平はヒュウと口笛を吹いた。

その仕草を見たドリアードはクスリと笑う。

「……私は嘘はつかない。貴方が【鑑定眼】を持っているなら、私が嘘をついていない事も分かるはず」

そうして、【鑑定眼】を作動させた順平は呆れたかのように笑った。

「はっ……こいつは都合が良いな。いや、だからこそ——今までの連中はお前等を見逃したのか」

【ドリアードの涙】

アイテムランク▼▼▼ 伝説級

特徴▼▼▼ 死んでさえいなければいかなる外傷も癒す塗り薬。秘められた魔力と理力が強烈な体細胞分裂を促し、狭間の迷宮の安全地帯と同内容の回復作用を促す。——ただし、作成者のドリアードの生存が使用条件。

「なるほどね」

言葉を終えると同時、順平は口笛を吹いた。

「ただし……お前の生存が条件……か。都合良いよな」

そう、とドリアードは頷いた。

「だからこそ、ここを通り過ぎて行った冒険者達は……全てこの提案を呑んだ」

「まあ、それが一番……得な選択肢には見えるわな」

そこで、神妙な面持ちを作ったドリアード。

【擬態】の効果とは言え、軽く涙を浮かべ、懇願するような絶世の美少女の上目づかい。

それだけで、全てを許してしまいそうになる——そんな表情だった。

「私は争いは望まない。ただ、定期的に栄養源を確保できればそれで良い」

「……なるほどな。確かに、お前と今までの冒険者、その関係は穏便に済んできたんだろうな」

「人間も生きるために豚や牛を食べる。それと同じとみんな理解してくれた」

そこで、順平は肩をすくませた。

「で……俺がここを素通りして……オッサンはどうなる？」

「そこは心配する必要はない。この男は既にいかなる手段を使っても助からない。貴方も諦めがつきやすいはず……何なら、詳細に彼の容体を教示しようか？」

「…………どうせ死ぬから、万能薬と引き換えに諦めろってか？　あるいは、我慢しろってか？」

微かに順平のコメカミに青筋が浮かんだ事を視認して、不思議そうにドリアードは小首を傾げた。

「感情論？　この迷宮を……ここまで潜って来られた人間なら分かるはず。損得勘定……それで動くのが一番賢い」

「……損得勘定ね。どこまでも舐めた野郎だ」

そこで、ドリアードは慌てたように両手を突き出して、首を左右に振った。

「……落ち着いてほしい。冷静に……話せば……分かる」

順平は拳銃の照準をドリアードの眉間に合わせた。

「いいや、分かんねーな。俺とお前は絶対に理解し合えない」

「……何故？　人間は損得勘定で動くはず……貴方は……それでは動かないお人好しだと？」

そこで、順平は鼻で笑った。

「話は単純だ」

そして、続けた。

「俺にとって、お前を殺すほうが得だからだよ。俺はそもそも回復薬を必要としていない」

「……？」

「俺の防御力は5なんだぜ？」

「……5？　ありえない。ここの迷宮でそのステータスで生き抜く事など……」

「ステータスは回避系統に全振りなんだよ。ここのモンスターの一撃、そういったものをまともに喰らえば……最初からアウトだ。だから回復薬は必要がない」

そして、続けた。

「オッサンの末路を見て、胸糞悪いのも事実だ。だったら、お前を経験値にしちまったほうが良い」

そこで、ドリアードの表情から余裕の色は消え、彼女の顔面の筋線維は緊張に満たされた。

「……え？　どういう事……？　理解できない……」

「だから、そういう事っつってんだろ」

しかし、とドリアードは食い下がる。

「……ならば！　私は……私は種の繁栄のためにこうしているだけ……。実際に私は過剰な栄養源を大樹に捧げてはいない。生きるために仕方なくやっているだけ……そこに慈悲を……」

パンっと乾いた音。

「化け物の理屈？　そんなもん、知るかよボケが」

同時に硝煙の香りが周囲に立ち込める。

瞬きの後、ドサリ、と少女が地面に倒れる音。

眉間を撃ち抜かれ、心臓の鼓動に合わせて、噴水のように朱色の血液が噴出していた。

そうして、順平は息絶えたドリアードに触れ、その死骸に完全解体を行った。

――スキル【擬態（超級）】。

「そう、こいつがあれば……外に出た時に……奴らを……」

意味深に独り言ち、迷った様子は何もなく、スキルカードを吸収する。

その他にドリアードの涙という名のアイテムが大量にドロップされたが、彼女の死後なので回復の効果はなくなっている。

一応、何かの役に立つかもしれないとアイテムボックスに収納する事は忘れない。

「さて……」

呟くと、順平はアイテムボックスから都合十個の油壺を取り出した。

そうして、大樹に可燃性の液体を、殴りつけるかのようにぶちまけていく。

二～三分の作業の後、順平はその場に吊られた男に憐憫の視線を向けた。

「オッサン……本当にもう……アウトなのか？」

順平の問いに、白目を剥きながら、男は涎を垂れ流しながら回答した。

「あー……」

深い。

本当に深いため息。

順平は火打石を取り出して――そして、考え直したように拳銃を取り出した。

「介錯するなら……苦しみは少ない方が良いよな。アンタの経験値は俺の糧になる。そして……

オッサンのスキルも。決して無駄にはしない」

いつの間にか、彼の瞳からは涙が溢れていた。

「オッサン。ありがとう。アンタがいなければ……とっくの昔に俺はお陀仏だった……」

そうして、順平は吊られた男に向けて拳銃を向け――

――パンっと乾いた音が鳴り響いた。

ビクンっと男は痙攣したかのように体を大きく震わせる。

次の瞬間、額から大量の血液が溢れだした。

涙を流しながら、無言で順平は男へと向かい、その体表に掌をあてがった。

「――スキル【解体《ブッチャー》】を行使する」

そうして、男の体が光の粒子に包まれ、スキルカードとアイテムへと変換されていく。

順平はスキルカードに手を伸ばし、そこで怪訝に眉を顰めた。

「おい……どういう事なんだよこれは……？　俺の【解体《ブッチャー》】は最高レベル……その上で、あれを出すように願った。だったら百パー……あのスキルが出るはずだろ？　どうなってんだよ……」

スキルカードを投げ捨てて、順平は急いで大樹に火を点けた。

パチパチと大樹の燃え盛る音が周囲に響き渡る。

後は、この樹木を経験値に変えて、次の階層に向かうだけだ。

そして、順平にはどうしても確かめなくてはならない事が出来た。

「いや……まさか……でも……」

どの道……と続けた。

「もうすぐ、嫌でも分かる事だ」


そうして、次の階層。

そこは、今までに何回か遭遇した、階層移動と同時に安全地帯という配置だった。

それはつまり、攻略が難しい階層である事を意味するのだが、それはともかく――

――順平は、そこに置かれた手紙を手に取った。

そうして、一通り読み終える。

すると、彼はその場に倒れて、腹を抱えて笑い始めた。

ともすれば、腹筋が痙攣しそうになるような、純粋な肉体的な痛みを伴うような、そんな笑い、否、爆笑。

笑い声は止まらず、腹筋の痛みの余り涙まで溢れてくる。

――順平は思う。

思えば、ここまで屈託なく笑ったのは、トリップ前の日本を合わせて……いつぶりだろうか……と。

あるいは、このレベルで爆笑した事は、今までなかったかもしれない。

五分ほど、安全地帯内を笑いながら転げまわり、ようやく落ち着いた彼は、笑い涙を小指で拭って、独り言ちた。

「オーケー……これから先もよろしくな」

†

ハッハー！　兄弟！　久しぶりだな！

前回の階層、あれにはドンビキだ！

これを見たって事は、兄弟はえらくべっぴんなあのガキに取り込まれなかったって事……だな。

お互い、ドリアードの涙は大切に使おうぜ！

何しろ、コレはドリアードの生態反応を感知して……というよりも、魔力の供給によって、効能を維持しているらしいからな。

アレが死んじまったらどうしようもない。

ただ……本当に驚いた。

あの、吊られていた男……

——世の中には、似たような口調の男もいるもんだな。

ひょっとしたら、兄弟達の中にも、アレを俺だと思った奴はいるかもしれない。

だが、安心して欲しい。

そもそも、俺には【過去視】の能力がある！　あそこで嵌められる事自体が無理ゲーだ！！！！

俺は——いや、オッサンは永遠に不滅だ！！！！！

ちなみに、あいつは実年齢が二十五らしいが、俺は正真正銘のオッサンだ！

それじゃあ、今後ともよろしくな！

アディオス！！！！！

†

——そうして、軽く溜息をついて順平は吐き捨てるように言った。

「でも、【過去視】はちょっと……欲しかったかもな」

▼
▼
▼

――いつかの時刻、どこかの場所、彼方の次元。

その者は、歴史上でも最高峰の次元に到達したトレジャーハンターと呼ばれた者である。

そして、その者は、世界中の有力者と交友を持つ者でもあった。

更に、その者は、異世界からの転生者として、ユニークスキルまでを持つ者である。

――要は、そいつは迷宮内の至るところで手紙を残している、かつてニートだった陽気なオッサンである。


話を本題に戻そう。

狭間の迷宮内においての、苦難の道の途中。

彼が辿り着いたこの階層は、明らかに今までとは違うモノだった。

まず、その階層は病院等で御馴染の消毒用エタノールの臭いに満たされていた。

一面の白の壁と床と天井。そして強化ガラス。

そこは明らかにファンタジーの世界ではなく、現代のバイオケミカル系の研究施設とでも言ったほうが適切な場所だった。

一本道の廊下、距離が遠すぎて突きあたりが霞んで見えない。

そして右方は壁、左方には所々に強化ガラスが嵌められており、壁の向こう側が観察できるようになっている。

まず、彼がガラス越しに見つけたのはＳＦ映画のコールドスリープなんかで使われそうな人間の一個体を収納できる大きさのカプセルと、液体の中で眠る人間。

びっしりと、隙間なく、虫の卵が一か所に敷き詰められているが如き光景。

【鑑定眼】を使用すると、眠る人間のように見える者達は、ホムンクルスとの事だった（なお、生物以外のこの設備の魔導具の類いは全て鑑定不能）。

ちなみに、ホムンクルスとは錬金術によって人間の精液と血液から作られた人工生命体の事である。

カツンカツンと、革製のブーツが床を打ち鳴らす音が廊下に響く。

次に左方の視界が開けると、そこはカプセルに収容されたままホムンクルスの一個体が空中に吊られていた。

そして、コロシアムよろしく眠ったままカプセルの中で、彼らはＥランク級の低級の犬型の魔物と対峙していたのだ。

真っ白の部屋の中。

キシャーっと、狼程度のサイズの魔物が涎を振りまいてカプセルへと向かっていく。

そこで、ホムンクルスを包む冬眠用カプセルから、閃光一閃。

直後にはブスブスと煙を上げている犬の焼死体がその場で横たわっていた。

レベル測定の特殊スキルを持つ彼にはホムンクルスのレベルが上昇した事が観測された。

その攻撃はホムンクルスの意志によるものなのか、あるいは機械にあらかじめプログラムされた攻撃なのかは分からないが、判定はホムンクルスの勝利となったようだ。

音もなく、ホムンクルスのカプセルはどこかに移動し、魔物の死骸は部屋の端から発生した水流と突風によってどこかへと吹き飛ばされていく。

そして、次のホムンクルスのカプセルが床下から現れ、定位置に設置される。

次に新たな魔物が天井が室内へと落ちてきた。

そして、魔物がカプセルへと向かい、先ほどのリピートの如く閃光が一閃される。

トレジャーハンターは何が何やらわからぬままに、その光景をただ眺める事しか出来ない。

しばらく眺めた後、黙ったまま更に歩みを進める。

次のガラス窓では、Dランク級、更に次のガラス窓ではCランク級、そして更に次のガラス窓ではBランク級の魔物がホムンクルスの――正確にはそれを包むカプセルの餌食になっていた。

そして次の窓ガラスで彼は見た。

ホムンクルスと、ホムンクルスがお互いに対峙していたのだ。

「全自動では……Aランク級以上の魔物は扱えないって事か。そしてこういった手段でレベル上げ……か。それにしても……胸糞悪いな。このホムンクルスは恐らくは産まれてからずっとコールドスリープで……目覚めた事すらないだろ……」

彼にしては珍しく静かに怒りのこもった声を放ち、喉に絡んだタンを吐き捨てる。

対峙するホムンクルス達。

両方のホムンクルスは共に、彼の見立てではレベル150を超えている。

そして片方のホムンクルスに異常な事態が発生する。

カシャっという音と共に、パカリとカプセルが開いたのだ。

ニュチャリ、と粘液と共に、裸のホムンクルスが一体、床に投げ出される。

すぐさまそのホムンクルスは目覚めるのだが――トレジャーハンターの見立ての通り、生まれてからずっと強制的に眠らされていて、今回、初めてホムンクルスは目覚めたのだろう。

立ち上がるという動作すらも分からずに、ホムンクルスはただ床に拡がる粘液の中で手足をバタつかせていた。

狼狽と、焦燥と、そして不安と。

そんな表情を見せるホムンクルスに、カプセルから閃光が一閃。

生身のホムンクルスが焼け焦げた死体となり、カプセル内のホムンクルスのレベルが上がった。

そこから先のガラス窓の光景は、ホムンクルスVSホムンクルスが延々と続いているだけだった。

ただし、歩を進める毎に確実にホムンクルスのレベルは上がっていく。

そうして辿り着いた一本道の廊下の終わり。

最後の戦いを終えたカプセル内のホムンクルスのレベルは、500を超えていた。

そして、その部屋の中心部には次元転移の魔法陣。カプセルのまま吊られたホムンクルスが、音もなく移動し、その中心に置かれる。

そして――眩い光と共にどこか転送されていった。

「……恐らく『攻略前線』に送られてるんだろうな。龍爪の旅団。奴らはそれぞれが凶悪な特殊ユニークスキルを持っているって話だ。代替は利かない人種……ならば、経験値を得るには……死というリスクを極力避けなくちゃならない。そこで考案されたのが正に赤子でも安全に殺せる……経験値のカプセルか……全く……やる事がエゲつねえな」

軽く吐き気を催しながら、トレジャーハンターは呼吸を整える。

そして彼は次の階層へと進むドアノブへと手をかけた。

The Dungeon Seeker

名前 武田順平

レベルアップ: **908 → 999**

取得ボーナスポイント: **455**

ステータス

職業: **スキル・ハンター** レベル: **999**

HP: **1840** MP: **175**

攻撃力: **255**（順平の基本値：5） 防御力: **5**
※サブ武器併用時：245

回避率: **3000**

装備

メイン: **魔獣の犬歯**（神話級）
※神殺しの属性付与

サブ: **S&W M57 四十一口径マグナム**（国宝級）
※弾丸の補充は魔力による。強化はなし

マント: **身かわしの羽衣**（賢者装備）
※基礎回避率に常時1.5倍のパッシブ

スキル

（スキルスロット残6）

◎鑑定眼（超級）

◎全状態異常耐性 ◎解体（超級） ◎モンスター・テイム（初級）

◎擬態（超級）

属性

不死者の王

※体組織変性。不死者と同じく、その体液、血液、及び、肉が強烈な神経毒となる

使役魔

ピュア・スライム ×500

パンデミック・スライム ×15000

エピローグ

▼▼▼▼▼▼

現在、順平が所在している空間は一面が白色の謎の空間。

そして呆れ顔の彼の眼前には、あのショタ神様が立っていた。

「やあ武田順平君。本来ならこの階層はホムンクルスのカプセルが一杯あったりして――非常に胸糞悪い光景が続いているんだけど、そこは割愛しとこう。で、代わりにここを僕と話をする空間に差し替えておいた」

「なんだか話が良く分からねーが……まあ、ちょっとぶりだな、神さんよ」

いつの間にやら目の前に現れたのは金髪の少年。

見たところは、十二、三歳だろう、非常に中性的な顔立ちの少年が口を開いた。

「ハハハハッ！　まあ、実際そうなんだけど、面と向かって神と言われると、やはり若干気恥ずかしいね」

神は興に乗ったかのように右手の親指と中指を合わせ、そしてパチリと関節の音を鳴らした。

「おいっ！」

順平はそこで反射的に身を縮こまらせ、頭を抱えてその場にうずくまった。

――以前に木戸は、神のその動作だけで肉片に変えられ、そして再生までを行われた。

何でもないただの美少年に見えて……無垢と残酷と超越の権化だ。

しかも、何をやったとしても罪悪感の欠片もないからタチが悪い。

怯えた様子の順平に、神は満足げに頷く。

「その防御動作に意味があるかどうかは別にして、安心していいよ」

「安心……だと？」

「光栄に思って良い。今の僕にとって、君は路傍の小石ではないんだよ？　そう、路傍の――手に持ってみる程度の、少し綺麗な小石程度の価値はあるって事さ。少なくとも殺すなら殺すで理由が必要な程度にはね」

「理由なく殺す場合がほとんどであろう事に、逆に驚くけどな」

順平の嫌味に、どうでも良さげに、神は無表情に頷いた。

「で、君のレベルはもうすぐ１０００に到達する訳だよね？」

「ああ、事情通じゃねーか？」

「まあ、だからこそ――今から僕は君に、神の力を行使して、君自身の肉体にある程度干渉する事が出来る訳なんだけどね」

「……？」

含み笑いと共に、神は意地悪く笑う。

「まあ、その辺りの事情はまだ良いか。この時間軸での祭り……カーニバルは始まってはいないのだから。そういえば彼女にはもう会ったのかい？」

「さっきから訳の分かんねー事ばかり言いやがって……で、だから、何のために現れやがったんだよ⁉」

「ああ、そうそう、その事なんだ。それでね、僕が君の肩を持つのは……単純に気になる事があるからなんだよ」

「気になる事……？」

「――僕は君の復讐劇が見たいんだ。今の僕の一番の関心はそこにある」

キョトンとした表情の順平は、大きく口を開いた。

「……復讐劇？」

うんうん、と神は何度も頷いた。

「ぶっちゃけちゃうとね。別に僕は君が死んだって構わないんだ。迷宮で死のうが、祭りで死のうが、あるいは外で奴らに殺されようが。面白ければ、それはどれでも良い。でも、人外に達した今の君が、かつてのクラスメイトに、そして外の世界の一般人に対してどう接するのか――考えるだけでワクワクするじゃないか！」

「ワクワクするのは勝手だが、残念な事に俺はこのクソったれ迷宮の住人だよ。外には出れない」

「うん。そうだね。でも僕は君が外で大暴れ……というのかな、まあ、どういう暴れ方をするのかが見たいんだよ」

「だから俺はこの迷宮にとらわれた囚人で……そんな事はお前が一番良く分かってんだろうがよ」

「うん、そうだね。でも、僕は見たいんだよ」

「だからそれは無理――」

言いかけたところで神は手で順平の口を制した。

「その上で僕は言ってるんだけど？」

「つまり……何が言いたい？」

「ねえ、キミ？」

「あ？」

ニコリと屈託のない笑みと共に神は笑った。

「外に出してあげようか？」

平兵士は過去を夢見る
HIRA-HEISHI WA KAKO WO YUMEMIRU
丘野優
Yu Okano
1~4
対魔王最終戦争で討たれた一兵卒が
過去に戻って世界を救う!
早くも累計7万部突破!

平兵士は過去を夢見る
平兵士は過去を夢見る 2
平兵士は過去を夢見る 3
平兵士は過去を夢見る 4
思いがけない再会
前世の追体験!!

記憶を失って異世界の迷宮を漂っていた、
何者かの精神。やがて人間以外の生き物に
憑依して行動できることに気付いた“彼”は、
好奇心の赴くまま、迷宮に蠢く魔物の身体を
次々と乗り継いで、未知なる世界が広がる
迷宮の外へと足を踏み出していく——
行く先々で若き女剣士や美少女令嬢、
天然美女傭兵を巻き込みつつ、
憑依系主人公による異世界大冒険が始まる!

各定価:本体1200円+税　Illustration:イシバシヨウスケ

アルファポリスで作家生活!

新機能「投稿インセンティブ」で報酬をゲット!

「投稿インセンティブ」とは、あなたのオリジナル小説・漫画を
アルファポリスに投稿して報酬を得られる制度です。
投稿作品の人気度などに応じて得られる「スコア」が一定以上貯まれば、
インセンティブ=報酬(各種商品ギフトコードや現金)がゲットできます!

さらに、人気が出ればアルファポリスで出版デビューも!

あなたがエントリーした投稿作品や登録作品の人気が集まれば、
出版デビューのチャンスも! 毎月開催されるWebコンテンツ大賞に
応募したり、一定ポイントを集めて出版申請したりなど、
さまざまな企画を利用して、是非書籍化にチャレンジしてください!

まずはアクセス! アルファポリス 検索

アルファポリスからデビューした作家たち

ファンタジー

柳内たくみ
『ゲート』シリーズ

如月ゆすら
『リセット』シリーズ

恋愛

井上美珠
『君が好きだから』

ホラー・ミステリー

椙本孝思
『THE CHAT』『THE QUIZ』

一般文芸

秋川滝美
『居酒屋ぼったくり』
シリーズ

市川拓司
『Separation』
『VOICE』

児童書

川口雅幸
『虹色ほたる』
『からくり夢時計』

ビジネス

佐藤光浩
『40歳から
成功した男たち』

サカモト６６６
大阪生まれ大阪育ち大阪在住。自作をネットに投稿したところ、瞬時にアクセスが数千万単位となり鼻水が出る。2015 年 7 月、アルファポリスより『ダンジョンシーカー』を刊行。

イラスト：Gia
http://noxious.sdbx.jp/

ダンジョンシーカー

サカモト６６６

2015年 8月 8日初版発行

編　集－太田鉄平
編集長－塙綾子
発行者－梶本雄介
発行所－株式会社アルファポリス
〒150-6005東京都渋谷区恵比寿4-20-3恵比寿ｶﾞｰﾃﾞﾝﾌﾟﾚｲｽﾀﾜｰ5F
TEL 03-6277-1601（営業） 03-6277-1602（編集）
URL http://www.alphapolis.co.jp/
発売元－株式会社星雲社
〒112-0012東京都文京区大塚3-21-10
TEL 03-3947-1021
装丁・本文イラスト－Gia
装丁・中面デザイン－ansyyqdesign
印刷－中央精版印刷株式会社

価格はカバーに表示されてあります。
落丁乱丁の場合はアルファポリスまでご連絡ください。
送料は小社負担でお取り替えします。

ISBN978-4-434-20894-2 C0093